큐브
시티

청소년 소설 _22

큐브시티

성현정 글

펴낸날 2025년 10월 15일 초판1쇄
펴낸이 김남호 | 펴낸곳 현북스
출판등록일 2010년 11월 11일 | 제313-2010-333호
주소 07207 서울시 영등포구 양평로 157, 투웨니퍼스트밸리 801호
전화 02) 3141-7277 | 팩스 02) 3141-7278
홈페이지 http://www.hyunbooks.co.kr | 인스타그램 hyunbooks
ISBN 979-11-5741-448-2 43810

편집 강지예 | 디자인 김영미, 이현주 | 마케팅 송유근

이 책은 서울특별시, 서울문화재단 '2023년 창작집 발간 지원사업'의 지원을 받아 발간되었습니다.

ⓒ 성현정 2025

이 책은 저작권법에 의하여 보호를 받는 저작물이므로 무단 전재 및 복제를 금하며,
이 책 내용의 전부 또는 일부를 이용하려면 반드시 저작권자와 현북스의 허락을 받아야 합니다.

큐브
시티

성현정

|차례|

프롤로그 6

1. 불안한 소문 11

2. 언더타운 축제 29

3. 과거의 아이 41

4. 꿈이 사라진 도시 55

5. 영혼 바이러스 73

6. 미들타운 84

7. 어퍼타운 102

8. 두 사람의 생일파티 116

9. 소문의 진실 129

10. 메모리 볼 153

11. 북국의 숲 168

12. 큐브시티의 열쇠 181

13. 영혼을 잃은 사람들 199

14. 큐브릭의 뜰 220

15. 새로운 기억들 234

에필로그 244

작가의 말 250

프롤로그

2045년, 사람들은 그해를 '대재앙의 해'라고 불렀다.
급격한 기후 변화로 차츰 녹아내리던 극지의 빙하는 결국 그해, 완전히 자취를 감췄다. 바닷물이 불어나며 해안의 대도시들은 물속에 잠겼고, 유서 깊은 성당과 최첨단의 마천루는 하루아침에 물고기들의 보금자리가 되었다. 하지만 그조차 오래가지는 않았다.
지구 곳곳에서 죽은 듯 잠들어 있던 슈퍼화산이 깨어나기 시작했다. 땅이 뒤틀리며 대지진이 일어났고, 바다를 떠돌던 쓰레기 산은 거대한 해일이 되어 육지를 삼켰다. 원자력 발전소가 무너지고, 치명적인 방사능이 바다와 대지를 오염시켰다. 닿는 곳마다 생명이 말라갔다.

그 어디에도 안전한 곳은 없었다. 수몰과 지진, 방사능을 가까스로 피한 이들을 덮친 건, 정체불명의 전염병이었다. 이미 의료 시스템은 마비된 뒤였다. 병원도, 의사도, 약도 없었다. 죽음은 예고 없이 찾아왔고, 사람들은 그저 받아들이는 수밖에 없었다.

천재 과학자이자 건축가였던 구부립 박사는 기존의 탄소나노튜브보다 훨씬 강력한 신소재 KBR-29를 개발해 다양한 크기의 육면체 틀을 제작했다.

그는 이 구조체들을 '큐브'라고 불렀다. 원래 큐브는 정육면체를 말하지만 박사는 정육면체와 직육면체를 모두 아우르는 용어로 사용했다. 가장 큰 큐브는 6미터 길이의 표준 규격 컨테이너와 비슷한 크기였고, 벽면은 단단한 특수 유리 소재로 제작되어 틀에 맞춰 붙였다 떼는 것이 가능했다.

2030년대 초, 구부립 박사는 이 큐브들을 쌓아 올려 재난 시 피난처가 될 수 있는 새로운 형태의 도시를 만들자고 정부에 제안했다. 하지만 세상은 그의 말을 조롱했다.

블록 장난감으로 도시를 만들자는 거냐며, 사람들은 '큐브시티'라는 이름을 비웃었다. 올지 안 올지 모를 재난에 대비해 막대한 세금을 투입한다는 발상에 동의하는 이는 드물었다. 일부는 그가 단지 '블록 쌓기 놀이'가 하고 싶어 공포를 조장한다며 혀를 찼다.

한편으로, 그의 말에 귀를 기울이는 이들도 있었다. 죽을 때까지 다 쓰지 못할 만큼의 재산을 쌓아 둔 부자들은 혹시 모를 미래에 대한 대비가 꼭 손해를 볼 일만은 아니라고 생각했다.

환경주의자들과 일부 과학자들 역시 지구의 흐름이 예사롭지 않다고 경고해 왔다. 그들은 누구보다 먼저 구부립 박사의 비전에 공감했고, 기꺼이 자금을 내놓았다. 세상이 조금씩 불안으로 술렁이자 분위기는 순식간에 달라졌다. 연이어 닥쳐오는 크고 작은 재난에 사람들은 점점 초조해졌다.

전 재산을 털어서라도 큐브시티에 한 칸의 거처를 마련하고 싶다는 이들이 하나둘 늘어났다. 대재앙의 해가 몇 년 앞으로 다가왔을 무렵엔 큐브 하나를 예약하려는 경쟁이 치열해졌고, 큐브는 조립되는 대로 불티나게 팔려 나갔다.

큐브 부품은 지하 깊은 곳에서 생산되었다. 핵융합 발전소인 '에너지돔'에서 끌어 올린 에너지로 무인 자동화 공장인 '플랜트'는 쉴 새 없이 돌아갔다.

그곳에서 만들어진 부품들은 큐브용 화물 엘리베이터를 통해 지상으로 보내졌다. 조립만 하면 바로 사용 가능한 구조 덕분에 큐브시티는 놀라운 속도로 성장할 수 있었다.

투명한 큐브들이 마치 유리블록을 이어 붙이듯 차곡차곡 쌓여 갔다. 외벽은 태양광을 최대한 끌어들이기 위해 유리벽인 채로 두었고, 공용 구역으로 활용되었다.

밤이면 큐브시티는 온몸으로 빛을 품었다. 마치 어둠 속에서 은은히 빛나는 유리산처럼. 지진이 덮쳐도, 해일이 밀려와도, 큐브시티는 거대한 여객선처럼 유연하게 흔들릴 뿐 무너지지 않았다.

틀과 벽이 정밀하게 이어진 구조는 충격을 흡수하고 흘려보냈다. 우주에서 운석이라도 날아와 부딪히지 않는 한, 이곳은 지구에서 가장 안전한 피난처였다.

대재앙의 해로부터 55년.

큐브시티의 인구는 수십만 명으로 불어났고, 지구 위에서 오직 이곳만이 인간답게 살아갈 수 있는 마지막 문명이 되었다.

1. 불안한 소문

아빠는 끝내 집으로 돌아오지 않았다. 어제 아침, 평소처럼 지하 농장 NF-13 구역으로 출근했고, 평소대로라면 아무리 늦어도 저녁 일곱 시 전에는 집에 도착했어야 했다. 조금이라도 늦는 날이면 꼭 연락을 주던 아빠였다. 그런데 오늘 아침이 되도록 아빠에게서는 아무런 소식이 없었다.

"진짜 너무해."

방문을 살짝 열어 본 천둥이 입술을 삐죽 내밀었다. 말이 아빠 방이지, 얇은 칸막이로 구획만 나눠 놓은 어둡고 좁은 공간일 뿐이었다. 침대와 붙박이 벽장 주변으로는 잡동사니가 빼곡히 쌓여 있었다. 아빠 물건이 유난히 많은 건 아니었다. 단지,

큐브 하나를 네 식구가 칸칸이 나눠 쓰는 언더타운의 집에서는, 결국 사람과 물건이 서로 얽혀 지낼 수밖에 없었다.

"일이 바쁘신 걸 어쩌겠어."

박하는 가까운 급식소에서 사 온 아침을 식탁 위에 하나씩 차려 놓으며 말했다.

"그렇다고 연락도 안 하다니, 너무하잖아!"

"이따가 같이 농장에 가 볼까?"

박하의 말에 천둥은 어깨를 툭 떨어뜨리며 터덜터덜 식탁으로 걸어왔다. 말은 그렇게 했지만 박하도 속으로는 불안감이 스멀스멀 피어오르고 있었다. 정확히 언제부터였을까. 어림잡아 일주일 전쯤이었다.

그날 저녁, 농장에서 늦게 돌아온 아빠는 전과는 전혀 다른 사람이 되어 있었다. 멍한 눈빛. 불러도 대답이 없고, 묻는 말에는 얼버무리거나 아예 다른 말을 했다. 저녁을 먹자마자 "피곤하다."는 말만 남긴 채 방으로 들어가 버렸다. 분명 그날부터였다. 문을 열어 보면 침대에 누워 잠만 자고 있었다. 뭔가 이상했다. 확실히 이상했다.

'요즘 일이 많으신가?'

처음에는 그냥 피곤해서 그런가 보다 했다. 푹 쉬면 괜찮아지 겠지, 며칠만 지나면 예전처럼 돌아오시겠지, 그렇게 믿었다. 하지만 아무렇지 않게 넘기기보다는, 그때 물어볼 걸 그랬다. 무슨 일이라도 있는지, 뭐가 힘든지 끝까지 캐물었어야 했다. 그게 자꾸 마음에 걸렸다.

"그럼, 축제는 안 가?"

천둥이 다시 입술을 삐죽이며 물었다.

"아빠한테 들렀다 가자. 아무리 바쁘셔도, 잘 얘기하면 같이 갈 수 있을 거야."

박하가 말하자 천둥의 표정이 조금 풀렸다. 오늘부터 이틀 동안 언더타운 축제가 열린다. 올해는 큐브시티 60주년이라 예년보다 훨씬 성대하게 준비되었다. 사실 어제부터 쉬는 날이었지만 아빠는 어쩐 일인지 평소대로 출근했다. 그러고는 지금까지 아무런 소식이 없었다.

가끔 일정이 촉박해서 급하게 벼를 출하할 일이 생기면 밤샘 근무를 할 때도 있었다. 하지만 그런 날조차도 아빠는 빠짐없이 연락을 해 왔다. 저녁은 챙겨 먹었는지, 늦게까지 깨어 있는 건 아닌지 하나하나 물으며 확인했다.

"귀에서 피 나올 것 같으니까 이제 그만 좀 하세요. 일이나 하시라구요."

천둥이 퉁명스럽게 핀잔을 주면 아빠는 "알았다."라며 서운함을 숨기지 못한 채 통화를 끝내고는 했다. 그랬던 아빠가, 지금은 마치 가족이 존재하지도 않는 사람처럼 굴고 있었다. 뭔가 단단히 잘못된 게 분명했다.

"그냥 지금 바로 가면 안 돼?"

천둥이 조르듯이 물었다.

"할머니 아침 드셔야지. 조금만 참아. 아침 먹고 바로 나가자."

아침밥이라고 해 봐야, 정체를 알 수 없는 거무튀튀한 죽과 퍽퍽한 식감의 단백질 빵이 전부였다. 언더타운 사람들은 집에서 요리를 하지 않았다. 대부분이 급식소에서 나오는 값싼 음식을 사다 먹었다.

큐브시티 지하층을 이루는 언더타운은 도시의 뼈대가 되는 큐브 건물 사이사이에 합성소재의 평범한 건물이 뒤섞인 모습이다. 하지만 어떤 집이든 큐브 한두 칸 크기에 불과한 건 매한가지였다. 너무 좁아서 부엌은 있으나 마나였고, 신선한 식재료를 구하기란 하늘의 별 따기였다. 비싼 데다 그런 식재료를 파는 가게조차 언더타운에서는 찾아보기 힘들었다.

"천둥아, 할머니 모셔 올래?"

박하의 말에 천둥이 거실에서 텔레비전에 넋이 팔린 할머니의 휠체어를 밀고 와 식탁 앞에 세웠다. 집이 좁다 보니 식탁에서도 거실 벽에 붙은 텔레비전이 훤히 잘 보였다. 화면은 언더타운 중앙광장을 비추고 있었다. 아직 한산한 거리와 축제 무대를 분주히 설치하는 사람들을 배경으로 리포터가 과장되게 들뜬 목소리로 열심히 떠들어 댔다.

"이런 걸 먹으라고 내놓다니."

식탁 앞에 앉은 할머니가 뚱한 표정으로 투덜거렸다. 원래의 할머니라면 절대 저런 말을 하시지 않았을 것이다. 하지만 지금의 할머니는 예전과 전혀 다른 사람이었다. 뇌 기능이 눈에 띄게 저하된 이후로는 시도 때도 없이 험한 말을 내뱉고 박하와 천둥조차 못 알아볼 때가 많았다.

작년까지만 해도 아빠가 일하러 나간 동안 할머니가 두 아이를 돌봐 주었다. 이제는 정반대였다. 할머니는 어린아이처럼 누군가의 보살핌이 필요한 존재가 되었고, 할머니가 맡았던 일들은 하나둘 박하와 천둥의 몫이 되었다. 박하는 아직도 그 모든 변화가 믿기지 않았다.

"할머니, 이거라도 드셔야 해요."

박하는 흘러내린 앞머리가 한쪽 눈을 가리지 않도록 할머니 앞머리에 조심스레 핀을 꽂아 주며 말했다.

"이딴 쓰레기 같은 음식……."

할머니가 또다시 낮게 중얼거렸다.

"알아요. 큐브시티에서 살기 전에 이런 음식은 음식 취급도 못 받았다는 거잖아요."

박하가 할머니의 다음 말을 먼저 건네며 웃어 보였다. 요즘 할머니는 흐릿한 기억 속에서 자주 젊은 시절 이야기를 꺼내고는 했다. 큐브시티가 바깥세상과 단절된 지 55년. 할머니가 말하는 땅 위의 삶은 박하와 천둥에게는 전설처럼 먼 이야기였다. 듣고 있어도 동화 속 세계처럼 현실감이 없었다.

"자, 얼른 드세요. 우리 할머니 착하지!"

천둥도 숟가락을 할머니 앞에 놓으며 장난스럽게 거들었다. 그러고는 정작 자기 숟가락은 들지 못한 채, 식탁을 내려다보며 작게 한숨을 내쉬었다.

"너도 어서 먹어. 맛있게……."

박하가 슬쩍 눈치를 주자, 천둥이 마지못해 대답하고는 억지로 입꼬리를 올렸다.

"와, 맛있다! 할머니, 이거 진짜 맛있어요. 어서 드셔 보세요!"

"그렇게 맛있어?"

천둥의 연기를 반신반의하듯 바라보던 할머니가 고개를 갸웃하며 숟가락을 들었다.

"맛없어. 맛없어……."

툴툴거리는 말과 달리, 다행히 숟가락은 손에서 떨어지지 않았다. 천둥이 먹는 모습을 곁눈질로 살피며 할머니도 따라서 오물오물 씹기 시작했다.

'할머니, 오래오래 곁에 있어 주세요.'

박하는 마음속으로 속삭였다. 예전과 달라진 모습의 할머니라도 세상에서 가장 익숙하고 든든한 존재였다.

"이거 다 먹으면 이따가 핫도그 사 줄게."

박하가 천둥에게 슬쩍 말했다.

"진짜? 돈은?"

천둥이 눈을 반짝이며 묻자, 박하는 피식 웃었다. 지난 1년 사이 훌쩍 크고 제법 의젓해졌지만 이럴 때는 여전히 애 같아서 왠지 모르지만 마음이 놓였다.

축제가 열리는 이틀 동안, 광장 주변에는 평소보다 노점이 훨씬 많아졌다. 그중에서도 가장 인기 있는 건 단연 인공육 꼬치와 핫도그였다. 기름에 바삭하게 튀긴 핫도그에는 애벌레 단백질 비율이 높은 소시지에 인공치즈까지 들어 있었다. 값비싼 인공육 닭꼬치보다 훨씬 저렴해서 아이들 사이에 특히 인기가 있었다.

"누나가 열심히 모아 뒀지."

박하는 왼쪽 손목을 번쩍 들어 자랑하듯 내보였다. 곧 손목 위로 보랏빛의 투명한 거품처럼 생긴 홀로그램이 둥실 떠올랐다. '버블'이었다.

큐브시티 시민이라면 누구나 손목 아래에 '버블 코어'가 심겨 있었다. 버블은 그 코어에서 떠올리는 홀로그램 화면이었다. 화폐부터 통신, 신분 인증까지, 도시에서 살아가는 데 필요한 거의 모든 기능이 버블 코어에 담겨 있었다.

"약속했다!"

천둥이 미적거리던 숙제를 해치우듯, 빵을 죽에 푹 찍어 꾸역꾸역 입에 넣었다.

아침 식사를 마치자, 박하와 천둥은 서둘러 집을 나섰다. 아빠가 일하는 농장은 언더타운 주택 구역인 NB 구역보다 훨씬 깊은 NF 구역에 있었다. 에어 트램을 타고 8분 정도 내려간 뒤, 언더라인 트램 3호선으로 갈아타고 다시 7분 정도를 더 가야 했다.

농장 건물에 도착하자 박하와 천둥은 건물 입구의 경비실로 향했다. 경비원도 의자에 기댄 채 언더타운 축제를 중계하는 텔레비전에 푹 빠져 있었다. 배가 워낙 불룩해서 셔츠 단추 틈 사이로 희멀건 뱃살이 비집고 나올 지경이었다.

언더타운에는 초고도 비만이 의외로 많았다. 영양가는 없으면서 인공 감미료와 향료가 과하게 들어간 음식들은 사람들의 몸을 기묘하게 부풀려 놓고는 했다.

"저, 아빠를 만나러 왔어요."

"아빠?"

경비가 귀찮다는 듯 눈을 흘기며 되물었다.

"네, 박태수 씨요."
"벼 농장이 맞아?"
"네, 맞아요."

경비는 헛기침을 한 번 하더니, 옆에 있는 통신 버튼을 눌렀다. 어딘가로 연결되는 소리가 작게 울려 퍼졌다.

"아, 네……. 아이들이에요. 네, 알겠습니다."

남자는 통화를 마치고 잠시 박하와 천둥을 훑어보더니 턱으로 안쪽을 가리켰다.

"저쪽으로 들어가."

그가 가리킨 곳은 아빠가 일하던 구역과 달랐다.

"아빠는 원래 NF-4308동에서 일하셨는데요?"

박하가 고개를 갸웃하며 묻자, 경비는 다시 텔레비전에 얼굴을 고정한 채 퉁명스레 대답했다.

"NF-4310."

의아했지만 아빠가 새로 배치된 곳도 이전과 마찬가지로 벼 재배 농장이었다. 입구에는 벼 이삭이 새겨진 청동 명패가 붙어 있어 쉽게 알아볼 수 있었다. 박하가 초인종처럼 보이는 입구의 빨강 단추를 눌렀다. 한참 뒤에야 경비원이 느릿하게 걸어와 문을 열어 주었다.

문을 열어 주고 돌아설 줄 알았는데 경비원은 두 사람을 휴게실까지 데려다줬다. 건물 구조는 이전과 거의 같았고 휴게실도 똑같은 자리에 있었다. 친절해서라기보다는 혹시나 딴 데로 새지 않는지 감시하려는 눈치였다.

10분쯤 기다리자, 익숙한 작업복 차림의 아빠가 휴게실로 들어섰다.

"아빠!"

아빠가 휴게실 문을 열고 들어서는 순간, 천둥이 눈을 빛내며 달려가 품에 안겼다. 당연히 아빠가 반가운 얼굴로 천둥을 안아 줄 거라고 생각했다. 하지만 아빠는 천둥의 팔이 감긴 자신의 허리 쪽을 멀뚱히 내려다보기만 했다.

차가운 반응에 머쓱해진 천둥이 조심스레 팔을 풀며, 어찌할 바를 몰라 박하 쪽을 돌아봤다. 아빠는 아무 말 없이 천둥을 지나쳐 박하 앞에 놓인 의자에 털썩 앉았다.

"무슨 일이냐?"

피곤에 절어 퀭한 얼굴, 굳은 입매. 아빠의 냉담함에 화가 날 법도 했지만 걱정이 밀려왔다.

"아빠, 얼굴이 안 좋아 보여요. 너무 무리하시는 거 아니에요?"

박하가 조심스레 물었다.

"일이, 많이 바쁘다."

그 와중에도 아빠는 단 한마디의 불평도 내뱉지 않았다. 초점 없는 차가운 눈빛은 어딘가 섬뜩하게 느껴졌다. 요즘 들어 아빠는 내내 저런 눈빛이었다.

"어젯밤에는 왜 안 들어오셨어요?"

"수요일까지 일이 밀려 있어. 할 일이 많다."

딱딱한 말투에, 시선은 한곳에 고정된 채였다. 더는 업데이트가 안 되는 구형 로봇과 대화하는 기분이었다.

"아무리 바빠도 집에서 주무세요. 할머니도 아빠 어디에 계시냐고 계속 찾는단 말이에요."

아빠에게 할머니는 누구보다 소중한 존재였다. 굳이 순위를 매기자면 아빠의 1순위는 할머니일 터였다. 그래서 박하는 혹시나 싶어 할머니 얘기를 꺼냈지만, 아빠의 눈빛에는 아무런 동요도 없었다.

"아빠, 혹시 무슨 걱정이라도 있으세요? 제게도 말씀해 주시면 안 돼요?"

박하의 하소연에도 아빠는 못 들은 척 아무 대답도 하지 않았다. 냉랭한 침묵을 마주하고 있자니 답답함이 가슴을 짓눌러 왔다.

'아빠에게 무슨 일이 생긴 걸까.'

그때, 가만히 앉아 있던 천둥이 갑자기 울음을 터트렸다.

"아빠 왜 그래! 진짜 아빠 맞아? 우리 걱정은 안 돼?"

하지만 천둥의 눈물에도 아빠는 기계적인 말을 내뱉을 뿐이었다.

"그만 돌아가거라."

그 말이 전부였다. 박하는 기가 막혀 말문이 막혔다. 아무리 일이 바빠 못 온다고 해도, 얼굴만 보면 마음이 놓일 줄 알았다. 하지만 작은 희망마저 깨끗이 사라져 버렸다. 그러자 천둥이 자리에서 벌떡 일어나더니 박하에게 말했다.

"됐어, 누나. 그만 돌아가자."

단단히 화가 난 목소리였다.

"그게 좋겠구나. 시간을 너무 뺏겼어. 그만 돌아가라."

아빠는 그렇게 말하고는 등을 돌려 휴게실을 나가 버렸다.

천둥은 다시 의자 위에 풀썩 주저앉았다. 그러고는 기어들어 가는 목소리로 말했다.

"누나, 아빠 어떡하지."

박하는 아무 말도 할 수 없었다.

"미친 사람 같아."

"그런 거 아니야."

말은 그렇게 했지만, 가슴이 먹먹하게 조여 왔다. 아빠가 믿을 수 없을 만큼 낯설었다. 세상에 천둥과 단둘만 남겨진 듯한 고립감이 밀려왔다. 축제에 함께 가자는 말은 꺼내 보지도 못한 채, 두 사람은 힘없이 발길을 돌려야 했다.

주거 구역으로 향하는 에어 트램은 한산했다. 60주년 축제 덕분에 공장과 농장 대부분이 쉬는 날이었기 때문이다.

마주 보는 앞자리에 앉은 젊은 남자 둘이 소곤소곤 이야기를 나누고 있었다.

"그 얘기 들었어? 요즘 하나둘씩 상태가 안 좋은 죄수들이 생겨나고 있대."

"상태가 안 좋다니, 무슨 소리야?"

박하는 무심결에 귀를 기울였다. 잘은 몰라도 교정시설에서 일하는 사람들인 모양이었다.

"맨날 말썽이나 피우고 포악하던 죄수가 갑자기 딴사람처럼 변했다더라. 물어뜯지만 않을 뿐 완전히 좀비 같았대."

"설마……."

"진짜!"

"무슨 약물 같은 거 주입했나?"

"법적으로 금지된 건데, 그럴 리가……. 하지만 뭔가 이상해."

그렇게 말하던 남자는 몸을 친구 쪽으로 기울이며 목소리를 낮췄다. 그럼에도 원래 목소리가 큰 탓인지 박하의 귀에도 또렷하게 들려왔다.

"'가이아 코드'가 바이러스를 퍼트렸다는 소문이 있어."

"가이아 코드? 큐브시티 해체를 주장하는 그 반 큐브 조직 말이야? 바이러스라면, 전염병이라고?"

친구가 잔뜩 인상을 찌푸리며 되물었다.

"잘은 몰라도 좀 수상하잖아. 게다가 그 사람들만 쏙쏙 골라서 딴 데 보냈다던데."

"다른 데로 보내다니?"

"어디로 갔는지는 아무도 모른대."

"전염병이라면 격리해서 치료하는 거겠지."

두 사람은 잠시 심각한 얼굴로 말이 없었다.

"진짜 전염병은 아니겠지?"

확신 없는 말투로 남자가 말하자, 친구가 고개를 세차게 저었다.

"설마…… 괴담이야, 괴담! 이런 밀폐된 도시에 전염병이 돌면? 다 같이 죽는 거지. 30년 전에도 그런 일 있었잖아. 어린애들이 숱하게 죽었다며? 우리가 태어나기도 전이긴 해도."

"하긴, 전염병이면 한순간이지. 그런데 올해도 축제 하잖아? 사람이 엄청나게 몰릴 텐데…… 역시 괴소문인가?"

큐브시티 사람들은 전염병 이야기에 특히 예민했다. 실제로 30여 년 전 대유행병이 돌았을 때 수많은 생명이 희생됐다. 대부분은 노약자와 아이들이었다. 도망갈 곳 없는 밀폐된 도시의 특성상 피해는 더욱 심각했다.

박하도 할머니가 그 시절 이야기를 할 때마다 고개를 절레절레 흔들던 모습을 떠올렸다. 그때 아빠는 열다섯쯤, 지금 박하의 나이였다. 학교와 공장은 폐쇄되었고, 한동안은 허가 없이 집 밖으로 나가는 것조차 금지되었다. 할머니는 아빠가 살아남은 것만으로도 신께 감사할 일이라며 그 시절을 회상하고는 했다. 뒤늦게 백신이 나왔지만 그 무렵에는 이미 많은 생명이 꺼져 버린 뒤였다.

그때, 천둥이 박하의 무릎을 톡톡 두드렸다.

"누나, 내리자."

에어 트램 문이 열리자, 대화를 나누던 젊은 남자들도 허둥지둥 플랫폼으로 빠져나갔다.

"전염병…… 바이러스……."

박하가 나직이 중얼거렸다. 천둥을 따라 트램에서 내리면서도 박하의 머릿속에는 자꾸만 방금 들은 말이 맴돌았다.

'전혀 다른 사람처럼 행동한다.'

그 말이 계속 마음에 걸렸다. 아빠의 모습이 떠올랐다. 요즘의 아빠는 정말로 그랬다. 예전과는 전혀 다른 사람 같았다. 그들이 말한 것처럼 공격성을 보이진 않아도 일만 하고, 감정이 사라진 듯이 보였다. ……좀비처럼.

아빠를 '좀비'라는 단어와 함께 떠올렸다는 사실만으로도 박하는 자책감에 휩싸였다. 그게 혹시 사실이라면, 정말 그런 일이 벌어진 거라면……. 왜 하필, 수많은 사람들 중에 우리 아빠가?

가슴 한가운데가 뻐근하게 조여 왔다.

2. 언더타운 축제

에어 트램 정류장을 벗어나자 탁 트인 언더타운 중앙광장이 나타났다. 박하의 집과도 그리 멀지 않은 곳이었다. 광장은 평소보다 두세 배는 많은 인파로 붐볐고, 축제를 위해 인공태양도 한층 더 밝게 빛나고 있었다. 그 덕에 유령처럼 창백하던 언더타운 사람들의 얼굴에도 오랜만에 생기가 돌았다. 모두가 가장 아끼는 옷을 차려입고는 한껏 들뜬 얼굴로 거리를 가득 메우고 있었다.

"저기 핫도그 가게다!"

박하는 여전히 시무룩한 천둥의 어깨에 손을 얹으며 말했다. 벌써 여럿이 줄을 서 있었지만, 주인 남자의 빠른 손놀림 덕에 금방 차례가 돌아왔다.

"핫도그 하나 주세요."

"누나는 안 먹어?"

"아침을 많이 먹었더니 아직 배불러."

핫도그 값을 결제하며, 박하는 딱히 잔액이 보이지 않는데도 재빨리 버블을 껐다. 핫도그를 하나 더 사기에는 돈이 모자랐다.

"칫, 아무리 배불러도 그렇지, 핫도그를 안 먹냐? 한 입만 달라고만 해 봐."

"한 입만, 안 하니까 걱정 마! 우리 저기 앉아서 먹자."

박하가 광장 구석의 빈자리를 손으로 가리키자, 천둥이 고개를 돌렸다.

"어디?"

바로 그때였다.

'퍽!'

무언가 부딪히는 소리와 함께 천둥이 들고 있던 핫도그가 바닥에 나뒹굴었다. 맞은편에서 걸어오던 누군가와 세게 부딪힌 탓이었다.

"어!"

비명을 지른 건 천둥이 아니라 그와 부딪힌 남자아이였다. 아이의 옷에는 핫도그의 새빨간 소스가 번져 있었다. 한눈에 봐도 반질반질하고 고급스러워 보이는 옷감, 햇볕에 그을린 듯 옅은 갈색으로 윤기 도는 피부. 어퍼타운 아이가 분명했다.

언더타운 축제는 큐브시티 전체를 통틀어 가장 크고 유명한 행사였다. 그 때문에 어퍼타운 사람들도 제법 축제를 구경하러 왔다. 그들에게 언더타운은 한 번쯤은 들러 볼 만한, 낯설고도 이국적인 구경거리였다.

"내 핫도그……."

한 입도 먹지 못한 천둥의 핫도그는 바닥에 떨어진 채 이내 사람들의 발에 차이고 짓이겨졌다.

"윤재야, 괜찮아?"

옷을 버린 아이 옆에 서 있던 또 다른 남자아이가 물었다. 둘 다 박하 또래로 보였다. 뽀얀 피부에 표정은 거의 없었지만 차분하고 부드러운 목소리를 지닌 아이였다. 그 아이 역시 언더타운 사람 같지는 않았다. 보통 언더타운 사람들의 피부는 이 아이처럼 맑고 윤기 나는 우윳빛이 아니었다. 희기는 해도 생기

없고 창백한 쪽에 가까웠다.

"난 하나도 안 괜찮거든!"

윤재라는 아이가 입을 열기도 전에, 천둥이 먼저 버럭 쏘아붙였다.

"얘 봐라? 앞을 안 보고 걸은 건 너도 똑같잖아?"

윤재가 지지 않고 따지자, 천둥도 맞받아쳤다.

"난 잘 보고 있었거든? 네가 먼저 부딪혔잖아."

"거짓말! 같이 부딪혀 놓고. 누가 먼저인지 어떻게 알아?"

윤재가 답답하다는 듯 길게 한숨을 내쉬었다.

"내 핫도그 어쩔 거야!"

천둥이 울컥해서 목소리를 높였다. 거리를 걷던 사람들이 재미있는 구경거리라도 생긴 듯 흘긋거리며 걸음을 멈추었다.

'이제 돈도 없는데…… 어쩌지?'

천둥은 오랜만에 먹는 간식에 한껏 들뜬 모습이었다. 눈 딱 감고 '네 잘못이니, 핫도그 값을 내놓으라'고 말해야 할까? 하지만 천둥에게도 전혀 잘못이 없다고는 할 수 없었다. 여차하면 세탁비까지 물어야 할지도 모른다는 생각에, 박하는 머릿속이 새하얘졌다. 아니나 다를까.

"그러는 넌. 이 옷이 그 핫도그보다 수백 배는 비싸거든!"

혹시라도 윤재가 옷값이라도 물어내라고 나오면 정말 큰일이었다.

"천둥아."

박하가 천둥의 손을 잡아끌며 상황을 벗어나려 했지만, 천둥은 좀처럼 물러서지 않았다.

"옷은 빨면 되잖아!"

오히려 더 큰 소리로 맞받아쳤다.

그때였다. 옆에서 말없이 지켜보던 아이가 끼어들었다. 유난히 새하얀 피부 때문에 왼쪽 눈 아래의 눈물점이 더 또렷하게 보였다.

"둘 다 그만해. 너, 이름이 뭐야?"

그 아이가 천둥에게 물었다.

"내 이름은 알아서 뭐 하게?"

천둥이 아이를 노려보며 삐딱하게 받아쳤다.

"내가 핫도그 새로 사 줄게. 그러면 괜찮지?"

그렇게 말하며 아이는 손수건으로 친구의 옷에 묻은 소스를 조심스레 닦아 주었다.

"단오, 네가 왜!"

윤재가 투덜거렸지만 천둥은 기다렸다는 듯이 수긍했다.

"진작 그럴 것이지."

박하가 뭐라 끼어들 틈조차 없이 사건은 정리됐다. 앞을 보지 않은 건 천둥도 마찬가지였다. 그런데도 단오라는 아이는 천둥을 탓하지도, 더 따지지도 않았다. 조건 없이 핫도그를 보상하겠다고 나섰고, 옷값 이야기는 꺼내지도 않았다. 박하는 안도하며 속으로 가슴을 쓸어내렸다. 고맙다는 말을 해야 할까? 망설이던 사이, 단오가 자리를 떠났다가 다시 돌아왔다. 손에는 따끈한 핫도그 두 개가 들려 있었다.

"여기."

단오가 천둥에게 핫도그 하나를 건넸다.

"왜 두 개야?"

천둥이 주춤하며 물었다.

"아, 하나였나?"

단오는 별생각 없다는 듯 어깨를 가볍게 으쓱였다. 옆에 서 있던 윤재는 못마땅한 얼굴로 팔짱을 낀 채, 천둥을 노려보고 있었다.

"그럼 하나는, 윤재 너 먹을래?"

단오가 묻자, 윤재는 눈살을 찌푸리며 고개를 저었다.

"그거 맛있는데. 한번 먹어 봐."

박하는 저도 모르게 침을 꿀꺽 삼키며 말했다.

"너나 먹어."

윤재는 여전히 기분이 풀리지 않는 듯 퉁명스럽게 내뱉었다.

'저렇게 맛있는 걸 왜 안 먹겠다는 거야!'

박하는 속으로 외쳤다. 그러다가 곧 어퍼타운이라면 언더타운의 길거리 핫도그보다 훨씬 맛있는 음식들이 차고 넘칠 거라는 데 생각이 미쳤다. 그런 생각이 들자 괜히 마음이 씁쓸해졌다.

"어쩌지? 아무도 안 먹으면 그냥 버려야 할 것 같은데."

단오가 말하며, 남은 핫도그 하나를 박하에게 내밀었다.

"그냥 네가 먹어 주면 안 될까?"

"아무도 안 먹을 거면 이리 줘. 내가 두 개 다 먹을래."

박하가 머뭇거리는 사이, 천둥이 잽싸게 손을 뻗어 단오에게서 핫도그를 낚아챘다.

"쟤들 뭐야? 어이가 없어서 정말……."

윤재가 멀어지는 남매의 뒷모습을 노려보다가, 옷에 묻은 소스 얼룩을 내려다보며 투덜거렸다.

"세탁하면 깨끗해질 거야."

"지금 그게 문제야? 아니, 뭐가 저렇게 뻔뻔하고 제멋대로지? 미안하단 말 한마디를 안 하잖아."

"아직 어린애잖아. 그냥 귀엽게 봐줘."

"귀엽긴 뭐가 귀여워. 이런 곰팡이 냄새 나는 동네에 괜히 따라와서, 결국 이게 뭐야?"

"말조심해. 누가 들으면 어쩌려고."

"들으면 뭐?"

"저 애들한텐 핫도그가 귀한 음식이었을 거야. 둘이서 하나밖에 못 사 먹을 정도로."

"네가 그걸 어떻게 알아? 그렇다고 해서 곱게 봐주라는 거야? 아무리 불쌍해도, 무례한 건 무례한 거지. 혹시 단오 너…… 일부러 두 개씩이나 산 거 아니지? 둘이 나눠 먹으라고?"

윤재가 어이없다는 표정으로 단오를 흘겨봤다.

"아직 어린애들이잖아. 그만 잊어버려."

단오가 담담하게 윤재를 타일렀다.

"어린애는 무슨! 누나란 애는 나랑 나이도 비슷해 보이던데."

윤재가 여전히 툴툴거리자, 단오는 별것 아니라는 듯 가볍게 웃어 보였다.

"아, 몰라!"

윤재는 입술을 꾹 깨물고는, 휙 돌아서서 성큼성큼 걷기 시작했다.

"누나, 이거 먹어."

천둥이 양손에 들고 있던 핫도그 중 하나를 박하에게 내밀었다.

"너 두 개 먹는다며?"

박하가 눈살을 찌푸리며 물었다.

"누나가 안 받으면 어쩌나, 얼마나 조마조마했다고. 헤헷. 나 잘했지?"

"뭐?"

박하는 황당해서 천둥을 물끄러미 바라봤다.

"얼른 받아. 고맙다고나 하셔. 어서!"

그렇게 말하며 천둥이 박하의 손에 핫도그를 쥐여 주었다.

"그래, 고맙다."

박하가 피식 웃으며 말했다. 두 사람은 광장 구석의 화단 경계석에 나란히 쪼그리고 앉았다.

"어퍼타운 애들 다 재수 없는데 핫도그 두 개, 쟤는 좀 마음에 드네."

천둥이 핫도그를 한입 베어 물며 우물거렸다.

"음……."

"왜, 누나가 보기엔 아니야?"

천둥이 박하의 눈치를 살피며 물었다.

"그게 아니라…… 그 애, 아마도 안드로이드일걸."

"뭐? 사람이랑 똑같이 생겼잖아. 누나는 그걸 어떻게 알아?"

"그냥……. 전파상 금사장님한테 구별하는 법을 들은 적이 있거든. 어퍼타운 로봇들은 사람이랑 똑같이 생겼다더니, 진짜였네."

"어떻게 구별하는데?"

"나도 저렇게 티 하나도 안 나게 사람처럼 생긴 건 처음 봤어. 근데 자세히 보니까 알겠던걸."

"와, 마음에 든다는 말 취소! 안드로이드는 어퍼타운 애들보다 더 재수 없어."

"왜?"

"옷 봤어? 깡통 주제에 우리보다 좋은 옷 입고, 다들 어퍼타운에서 떵떵거리며 살잖아? 인간 일자리도 다 빼앗고 말이야!"

"천둥이 너, 그런 얘기는 어디서 들은 거야?"

"아빠가 그랬어. 안드로이드만 아니었어도 어퍼타운에 좋은 일자리가 더 많이 생겼을 거라고. 그랬으면 언더타운 아이들도 더 좋은 교육을 받았을 거라고."

하긴, 아빠가 늘 입버릇처럼 하던 말이었다.

"제법 똑똑한데?"

박하가 감탄하며 말했다.

"이제 알았어?"

천둥이 거만한 표정으로 눈썹을 찡긋거렸다. 애벌레 단백질이 든 소시지가 입안에서 톡톡 터지며 고소한 향을 풍겼다. 아빠를 만나고 무겁게 가라앉았던 기분이 조금은 가벼워졌다.

"너 그 표정 좀 그만해. 진짜 꼴사나운 거 알지?"

박하가 얼굴을 찡그리며 고개를 절레절레 흔들었다.

"그런가?"

말만 그렇게 하고 천둥은 계속해서 우스꽝스러운 표정으로 눈썹을 꿈틀댔다.

"그만하라니까!"

결국 박하가 웃음을 터트렸다. 둘이 한참을 깔깔거리며 웃다가 박하는 문득, 궁금해졌다.

정말로…… 눈물점이 있던 단오라는 그 안드로이드가 핫도그를 두 개나 사 버린 건 실수였을까?

왠지, 아닐 것 같다는 의심이 들었다.

3. 과거의 아이

"다녀왔습니다."

집 안은 고요했다. 언제나처럼 할머니는 거실 창가에 앉은 채 꾸벅꾸벅 졸고 있었다. 박하네 집은 2층이었다. 창밖으로 큐브와 합성소재 건물들이 빽빽하게 늘어서서 좁고 어두운 언더타운 골목이 훤히 내려다보였다. 이제 할머니가 사는 세상은 이 집과 텔레비전 화면 그리고 창문 너머로 보이는 풍경이 전부였다.

"주무셔."

그렇게 말하며 천둥은 아빠 방문을 조심스레 열어 보았다. 방 안은 어제 아침, 아빠가 출근할 때 정돈된 모습 그대로였다.

박하가 거실에서 시끄러운 텔레비전 소리를 줄이는데, 누군가 문 두드리는 소리가 들려왔다.

'똑똑.'

"아빠다!"

천둥이 외치며 박하가 말릴 틈도 없이 현관문으로 쪼르르 달려갔다. 아빠가 뒤따라왔을지도 모른다고 기대한 모양이었다. 하지만 아빠라면 굳이 문을 두드릴 리 없었다.

"와, 빠르다! 너 천둥이 맞지? 박하 있어?"

문이 열리자, 문을 두드리던 손을 내릴 새도 없이 릴리가 반갑다는 말투로 말했다. 박하와 학교는 달랐지만 청소년 연극단에서 알게 된 친구였다. 언더타운에는 구역별로 연극단이나 스포츠단 같은 청소년 동아리가 있었고, 여러 학교에서 오디션을 통해 선발된 아이들이 함께 활동했다. 릴리와 박하도 그렇게 만나 주말마다 함께 공연 연습을 하는 사이였다.

"너, 연습 안 갔어?"

박하가 어리둥절한 얼굴로 릴리에게 물었다. 오늘은 공연 당일이라 대부분의 단원들이 연습 준비로 분주할 시간이었다.

청소년 연극단은 매년 심사를 통해 배역을 정했다. 박하는 주연 배우가 노래할 때 가끔 화음을 넣는 버섯 무리 중 하나인 '버섯 3' 역할을 맡고 있었다. 감독님이 오후에 있을 최종 리허설에만 맞춰 오라고 했기 때문에 아직은 시간이 여유로웠다.

평소 연습 때도 박하처럼 배역이 작은 아이들은 소품을 옮기거나 의상을 챙기는 허드렛일을 도맡아 했다. 하지만 공연 당일에는 큐브시티 위원회에서 파견된 무대 연출팀과 의상 담당자들이 대부분의 일을 맡았기 때문에 엑스트라들은 일찍 가도 마땅히 할 일이 없었다.

"바다 언니가 아파."

"뭐? 어디가?"

"공연 때문에 너무 긴장했나 봐. 아침부터 계속 토했대."

"그렇구나……."

박하는 고개를 끄덕였다. 다행히 심각한 병은 아닌 모양이었다. 하지만 릴리가 단지 그 소식을 전하러 찾아왔을 리는 없었다. 박하는 잠자코 릴리의 다음 말을 기다렸다.

"그래서 내가 바다 언니 역할을 맡게 됐어."

"정말? 잘됐다!"

박하가 눈을 동그랗게 뜨며 말했다. 바다 언니 역할은 모두가 탐내는 비중 있는 배역이었다. 어쩐지 릴리가 바다 언니가 아프다고 말하면서도 눈을 반짝이던 이유를 알 것 같았다.

"고마워! 히힛."

릴리가 수줍게 웃었다.

"곧 주요 배역들 리허설이 시작될 텐데, 너도 연습해야 하는 거 아냐?"

"그보다…… 내가 맡았던 역할, 박하 네가 대신해 줄 수 있어? 너, 내 대사랑 노래 다 외우잖아."

"그렇긴 하지……."

수백 번 반복되는 연습을 곁에서 지켜보는 동안, 박하는 뮤지컬 대본을 거의 통째로 외우게 됐다. 누구의 역할이든 대사쯤은 술술 나올 정도였고, 릴리의 배역은 대사가 그리 많은 편도 아니었다.

"제발, 제발 이렇게 부탁할게!"

릴리가 양손을 모아 애원하듯 말했다.

"내년에 더 좋은 배역을 따내려면 이번에 바다 언니 역할을 놓치면 안 돼. 감독님이 엑스트라들 중에서 대역을 찾아오면 나한테 주겠다고 하셨거든. 내게도 기회가 온 거라고!"

"기회? 무슨 기회?"

천둥이 옆에서 듣다가 고개를 갸웃했다. 박하는 무슨 뜻인지 단번에 알아차렸다.

어퍼타운 이주 자격.

언더타운 축제의 꽃이라 불리는 청소년 뮤지컬 무대에서 MVP로 선정되면 어퍼타운으로 이주할 수 있는 자격이 주어진다. 그건 곧, 단 한 번의 무대로 인생이 통째로 바뀔 수 있다는 의미였다. 릴리가 원래 맡았던 작은 역할로는 내년에 더 큰 배역을 받을 가능성이 희박했다. 천둥의 물음에는 대꾸하지도 않고, 릴리는 다시 박하를 향해 애원하듯이 말했다.

"내 배역에는 솔로도 있으니까, 박하 네게도 기회잖아!"

혼자 조명을 받으며 노래 한 소절이라도 부르는 건 뮤지컬 무대에 오르는 모든 아이들의 꿈이었다. 그러니 조연이라도 노래가 있는 릴리의 배역은 버섯 역할보다 훨씬 나은 기회임이 분명했다.

"하지만 너무 갑작스러워서…… 내가 잘할 수 있을까?"

박하가 조심스러워하자, 릴리의 눈빛이 반짝였다. '됐다!' 하는 표정으로 릴리는 문을 닫고 성큼 집 안으로 들어왔다.

"걱정 마! 내가 연습 봐줄게. 감독님도 충분히 연습한 뒤에 최종 리허설만 맞춰 보면 된다고 하셨거든."

"넌, 연습 안 해도 돼?"

"사실 아까 감독님한테 테스트받고 합격했어. 그래서 바로 여기로 온 거야."

릴리가 신난 몸짓으로 설명했다. 딱히 거절할 이유는 없어 보였다. 박하가 고개를 끄덕이자, 릴리는 뛸 듯이 기뻐하며 스태프 중 누군가에게 전화를 걸고 돌아와서는 밝은 목소리로 말했다.

"이제 시작해 보자."

"여기서?"

갑자기 집에서 노래를 부르라고 하니, 사람들 앞에서 연습하던 때보다 더 긴장되고 쑥스러웠다. 할머니가 창가에서 꾸벅꾸벅 졸고 있는 모습도 마음에 걸렸다.

"할머니, 깨실 것 같은데……."

박하가 조심스러워하자,

"괜찮아. 텔레비전 소리보다는 덜 시끄러울걸. 그리고 할머니, 누나 노래 좋아하시잖아."

천둥이 손짓하며 얼른 해 보라고 응원했다. 박하는 못 이기는 척 고개를 끄덕이고, 숨을 고르며 천천히 목소리를 가다듬었다. 그리고 낮은 목소리로 노래를 시작했다.

큐브시티는 인류의 빛
무수한 생명이 사라진
지구에서 피어난 단 하나의 희망
새로운 지구의 심장, 테라리움
인류가 이룩한 문명의 유산이
큐브시티에서 영원히 이어지리

이렇게 시작되는 노래의 1절이 박하가 혼자 부르게 될 파트였다. 이번 뮤지컬은 큐브시티 건립 60주년을 기념해, 대재앙 이전 건설 초기의 이야기를 그리는 작품이었다.

전 세계에서 언더타운으로 이주해 온 사람들의 솔로가 1절부터 5절까지 이어지고, 마지막에는 모든 배우들이 함께 후렴을 부르며 성대하게 2막을 마무리하는 곡이었다.

박하가 노래를 마치자, 박수를 보내는 천둥과 릴리 너머로 잠에서 깬 할머니가 박하를 빤히 바라보고 있었다. 눈도 깜박이지 않고, 기이할 만큼 집요한 시선이었다. 기분이 묘하게 서늘해져서 박하가 조심스럽게 말을 걸었다.

"할머니, 저 때문에 깨셨어요?"

그러자 할머니는 아무 말 없이 이맛살을 잔뜩 찌푸렸다. 그리고 한참 기억을 더듬다가 마침내 떠올린 듯 입을 열었다.

"넌 '과거의 아이'구나. 테라리움에서 일할 때, 널 본 적이 있지. 까맣게 잊고 있었군."

할머니가 또박또박 말하자, 세 사람은 잠깐 얼어붙은 듯 말을 잃었다.

"……방금 과거의 아이,라고 하신 거야?"

릴리가 조심스럽게 말문을 열었다.

"나도 알아. 큐브시티를 파괴하는 아이가 나타날 거라는…… 그 괴담 말하는 거지?"

그렇게 말하며 천둥이 박하를 돌아봤다. 박하는 작게 한숨을 내쉬며 릴리 쪽으로 시선을 돌렸다.

"요즘 편찮으셔서 자꾸 과거 일들을 혼동해서 말씀하셔. 신경 쓰지 않아도 돼."

박하는 내심 놀랐지만, 태연한 얼굴로 릴리를 안심시켰다.

큐브시티의 종말을 부른다는 과거의 아이.

워낙 유명한 이야기라 모르는 사람이 없었다. 어디서부터 시작되었는지, 누가 처음 퍼트린 건지조차 아무도 알지 못했다. 박하는 처음 그 이야기를 들었을 때 등줄기를 타고 소름이 돋았던 기억이 났다.

큐브시티가 사라진다? 그건 곧 인류의 종말과도 같았다. 그래서 이 괴담은 큐브시티 사람들에게는 단순한 전설이 아니라 섬뜩한 경고처럼 받아들여졌다. 근거도, 출처도 없이 사람들의 입과 입을 거쳐 퍼져 나간 괴담은 호기심과 불안을 먹으며 끈질기게 살아남았다.

왜 하필 '과거'의 아이인지, 그 아이가 언제, 어디서, 어떤 모습으로 나타나는지조차 알려진 것이 없었다. 그래서 더더욱 사람들에게는 막연한 공포감만 불러일으켰다.

"이곳은 지옥이야……. 그러니 곧 과거의 아이가 나타나겠지. 다들 조심해."

할머니가 다시 흐린 눈빛으로 돌아와 중얼거렸다. 목소리도 불안하게 떨리고 있었다.

"할머니!"

천둥이 다급하게 할머니의 어깨를 붙잡고 흔들었다. 그러사 다음 순간.

"으응?"

할머니는 막 잠에서 깬 사람처럼 어리둥절한 눈빛으로 아이들을 둘러보았다.

"할머니, 방금 그 말씀…… 무슨 뜻이에요?"

릴리가 참지 못하고 물었다.

"내가…… 무슨 말을 했니?"

릴리가 황당하다는 듯 눈알을 굴리며 박하를 돌아봤다.

"천둥아, 할머니 좀 쉬셔야 할 것 같아."

박하는 조용히 말하고는 천둥과 함께 할머니를 부축해 방으로 데려가 침대에 눕혔다. 할머니는 금세 아이처럼 숨을 고르며 잠에 빠져들었다.

"근데 할머니, 테라리움에서 일하셨던 거야?"

릴리가 진심으로 놀란 듯이 물었다. 박하는 말 없이 고개를 끄덕였다. 릴리의 반응도 무리는 아니었다. 지금 언더타운의 젊은 세대 중에는 테라리움에 직접 가 본 사람이 거의 없기 때문이다.

큐브시티에 사는 누구나 식물을 가꾸고 싶어 했다. 테라리움은 단순한 식물원이 아니었다. 그곳은 잊힌 지구의 자연을 되살려 놓은 마지막 조각 같은 공간이었다. 그 안에는 지금은 사라져 버린 지구의 식물들이 기후와 환경에 따라 나뉜 구역에서 자라고 있었다. 유리천장 너머로 내리쬐는 '진짜 햇볕'을 받으며, 깨끗하게 정화된 '진짜 흙'에 뿌리를 내린 채.

폐쇄된 인공 도시에서 사는 사람들에게, 흙에서 자라나는 농작물이나 화초를 직접 가꾼다는 건 더없이 희귀하고 가치 있는 일이었다. 언더타운의 농업 공장에서는 대부분 영양 성분이 조절된 인공 배양 식물을 생산했기 때문에 테라리움은 말 그대로 '살아 있는 자연'이었다.

한때, 아빠의 어린 시절 꿈도 테라리움에서 농부나 정원사로 일하는 것이었다. 하지만 세상은 빠르게 변해 갔다. 안드로이드가 사람만큼이나 정교해지고 난 뒤, 테라리움의 일자리는 점차 어퍼타운과 미들타운 사람들이 독차지하게 되었다.

박하는 할머니의 기억이 흐릿해지기 전까지 테라리움에 관한 이야기를 수없이 들었다. 사실, 듣고 또 들어도 질리지 않는 이야기였다.

폭포에서 흘러내린 계곡을 따라 빼곡하게 자라난 축축한 열대 식물과 희귀하고 아름다운 꽃들로 가득한 '아마존'. 한반도의 자연을 그대로 본떠 계절마다 풍경이 바뀌도록 설계된 '한반도의 사계'. 아름드리 침엽수림 위로 1년 중 반은 흰 눈이 소복이 내려앉는 '북국의 숲'까지. 그건 어쩌면, 할머니가 기억하고 싶은 세상의 전부였을지도 모른다.

도시에 내리쬐는 태양 빛을 독차지한 채 큐브시티 꼭대기 층을 덮고 있는 테라리움은 큐브시티 사람들이 꿈꾸는 천국이었다. 더는 돌아갈 수 없는 시절의 지구가, 그곳에 살아 숨 쉬고 있었다. 하지만 그 천국에서 언더타운 사람들은 어쩌면 영원히 쫓겨난 신세가 되었다. 그곳에서 일할 수 있는 기회는 영영 닫혀 버렸다.

이제 언더타운 사람들의 관심은 NF 구역의 수경재배 농장으로 옮겨졌다. 큐브시티에서 소비되는 식량 대부분이 바로 그곳, NF 구역에서 기른 농작물로 가공되었다.

박하의 아빠는 치열한 경쟁 끝에 벼 농장에 배속될 수 있었다. 언더타운에서 가장 좋은 일자리 중 하나였다. 다른 공장이

나 산업시설보다 여전히 NF 구역의 농장은, 장차 직업을 갖게 될 언더타운 아이들에게도 가장 인기 있는 선택지였다.

어릴 적부터 할머니의 이야기를 들으며 자란 박하에게 테라리움은 가장 신비롭고도 가 보고 싶은 장소였다. 할머니가 테라리움의 농부였다는 사실은 박하에게는 여전히 자랑이자 행운이었지만, 그럼에도 테라리움은 꿈처럼 멀기만 했다.

박하가 그곳에 발을 들이려면 먼저 어퍼타운의 주민이 되어야 했다. 언더타운에서 어퍼타운으로 올라가는 길은 단 하나. 청소년 극단의 배우가 되어 MVP로 선발되는 것뿐이었다. 무대 위에서 연기하고 노래하는 일은 두렵고 떨렸지만 박하는 용기를 내어 연극 동아리에 들어갔다. 쉬운 일은 아니었다.

뮤지컬 연습 첫날, 박하는 자신에게 눈에 띌 만한 재능이 없다는 사실을 깨달았다. 연기와 노래는 연습하면 나아질지도 몰랐다. 그러나 박하는 진심으로 무대에 서고 싶은 마음이 자신에게 있는지 확신할 수 없었다.

연극과 뮤지컬에 푹 빠진 아이들 중에서도 MVP가 되는 사람은 기껏해야 서너 명. 수백 개나 되는 구역마다 청소년 극단이 있었고, 그만큼 경쟁도 치열했다. 게다가 기회는 많아야 서

너 번뿐이었다. 열여덟 살이 되면 그마저도 완전히 사라졌다.

 운이 좋아 올해는 축제 무대까지 오를 수 있었지만 내년에도 다시 뽑힐 수 있을지, 뽑힌다 해도 좋은 배역을 맡을 수 있을지는 여전히 불투명했다. 어쩌면 노래 연습에 매달리기보다는, 성적을 안정적으로 유지해서 아빠가 일하는 NF 구역 농장을 목표로 삼는 편이 훨씬 현실적일지도 몰랐다.

 "좋아. 그럼 한 번만 더 연습하고 리허설하러 가자."

 릴리가 박하의 생각을 끊으며, 감독님처럼 리듬감 있게 손뼉을 짝짝 쳤다.

4. 꿈이 사라진 도시

"어? 지금 노래하는 거, 아까 그 애 아냐?"

특별석에 앉아 무대를 내려다보던 윤재가 고개를 갸웃하더니 물었다. 박하의 솔로곡이 시작되자 무대 조명은 오롯이 박하만을 비추고 있었다.

"그 애, 맞아."

단오가 고개를 끄덕였다. 아까 마주쳤을 때와는 달리 초창기 시대 느낌이 물씬 풍기는 줄무늬 티셔츠에 청바지를 입은 모습이었다. 그럼에도 단오 역시 처음 무대에 등장한 순간부터 박하를 알아보았다.

언더타운 중앙광장에는 수천 명의 사람들이 바닥에 앉아 뮤지컬을 관람하고 있었다. 사람들은 나지막하지만 또렷하게 울려 퍼지는 박하의 노래에 가만히 귀를 기울였다. 공연은 텔레비전으로도 생중계되고 있었다.

단오는 가운데 일반석을 사이에 두고 멀찍이 설치된 맞은편 박스석의 나하일에게로 눈길을 돌렸다. 윤재와 단오의 특별석은 일반석에서 2.5미터쯤 높게 설치된 여러 개의 박스석 중 하나였다. 나하일의 굳은 표정이 보였다. 우연인지, 나하일 역시 고개를 돌리더니 단오를 바라보았다.

'알아봤을까?'

아마 그럴 것이었다. 저 사람만은 절대 그 아이를 만나지 않길 바랐지만 이미 물은 엎질러져 버렸다. 쏟은 물은 다시 담을 수 없다는 지구의 옛말이 떠올랐다. 단오는 묘한 기분에 휩싸였다. 이것이 인간들이 말하는 운명일까? 스스로는 깨닫지 못하는 듯했지만, 그들의 삶은 평범함 속에 숨겨진 특별함으로 가득했다.

오늘 우연히 박하를 만난 일도, 무대에 선 그 아이를 다시 보게 된 일도, 겉으로는 그저 스쳐 지나가는 우연처럼 보였다. 하지만 이 작은 만남이 저 아이의 삶을 이전과는 전혀 다른 물줄기로 이끌게 될 것이었다.

단오는 놀란 기색을 감추며 천천히 다시 무대로 시선을 돌렸다.

"그렇게 안 보이던데 노래는 들어 줄 만하네."

윤재가 빈정거리는 투로 말했다. 3부에 걸친 무대가 모두 끝나자 관객석에서 박수가 터져 나왔다. 큰 박수와 함성을 들어 보면 나름 성공한 무대였다. 청소년 뮤지컬은 '어퍼타운 이주'라는 기적 같은 상이 주어지는 만큼 언더타운 축제에서 가장 주목받는 공연이었다. 게다가 올해는 큐브시티 60주년을 기념하는 특별 공연이기도 해서 사람들의 관심이 더욱 뜨거웠다.

진행자가 "큐브시티 시민들의 자부심을 높이는 훌륭한 공연"이라며 극찬을 쏟아내자 다시 한번 박수가 터졌다. 스포트라이트는 곧장 특별석에 자리한 나하일에게 집중되었다.

"지구상에서 단 한 곳! 전 인류의 보금자리, 큐브시티를 이끌고 지켜 오신 존경하는 나하일 최고위원장님께서도 여러분과 함께 이 감동적인 뮤지컬을 관람해 주셨습니다. 여러분, 존경의 박수를!"

"와아!"

"사랑합니다!"

귀가 따갑도록 이어지는 박수 소리로 마지막에는 머릿속이 얼얼할 지경이었다. 윤재 역시 함박웃음을 지으며 손을 흔드는 나하일을 향해 박수를 보냈다.

옆에 서 있던 단오도 손뼉을 치고 있었지만 표정은 사뭇 달랐다. 밝게 웃는 윤재와 달리 단오의 얼굴은 차갑기 그지없었다. 원래도 감정을 드러내지 않는 편이었지만 나하일을 바라보는 그의 시선은 유독 냉담하고 무표정했다.

그때, 두 사람이 앉아 있던 특별석 출입문이 열리며 한 여자가 들어왔다. 나하일의 비서인 윤경민이었다. 단오에게 다가가 귓가에 무언가를 속삭이더니, 곧 아무 말 없이 문을 닫고 사라졌다.

단오는 고개를 돌려 나하일을 바라보았다. 환한 조명을 받은 큐브시티 최고위원장은 여유롭게 웃으며 사람들에게 손을 흔들고 있었다. 얼굴의 절반을 덮은 풍성한 수염 탓에 그는 얼핏 보기에 인자한 아저씨처럼 보였다.

"어떻게 된 건지 설명해."

잠시 뒤, 무대 뒤편에 마련된 임시 VIP룸 안에는 나하일 위원장과 단오가 마주 서 있었다. 조금 전 사람들에게 다정히 손을 흔들던 나하일의 모습은 온데간데없었다. 말투는 얼음장처럼 차가웠고, 분노로 이글거리는 눈빛이 단오를 매섭게 꿰뚫었다. 하지만 단오는 놀라지 않았다. 단오에게 나하일은 원래 그런 사람이었으니까.

"무슨 말씀이세요?"

"무슨 말씀이냐고? 시치미 떼지 마. 그 애야. 그 얼굴을 내가 잊을 것 같아? 그런데 네가 못 알아봤을 리 없지."

"그냥 닮은 사람일 수도 있습니다. 인간들은 비슷한 얼굴이 많으니까요. 도플갱어라는 말도 있잖아요."

"그렇게 자신 있으면 유전자 검사 결과를 가져와!"

"알겠습니다."

"아니지. 널 어떻게 믿어? 내가 직접 할 거다."

"그러세요, 그럼."

단오는 무뚝뚝하게 대답하고는 문을 닫고 나가 버렸다. 보통의 로봇이라면 절대로 할 수 없는 행동이었다.

"건방진 녀석!"

나하일은 미간을 찌푸리며 단오가 나간 문을 노려보았다. 당장이라도 전원을 끄고 폐기해 버리고 싶었지만, 그럴 수 없었다. 단오는 분명 아들 윤재의 돌봄 로봇이었지만 나하일의 소유물이 아니었다. 그의 진짜 주인은, 이제 이 세상에 없었다.

'그래. 진정하자. 그 애가 되살아나는 건 불가능한 일이야.'

머릿속이 복잡했다. 정말 단오의 말대로 그 애를 꼭 닮은 다른 아이일 수도 있지 않을까? 하지만 계속해서 마음에 걸리는 건 단오의 태도였다.

겨우 로봇 주제에, 속을 알 수가 없었다. 정말 아무것도 모르는 걸까? 아니면 모르는 척 연기하는 걸까? 로봇 따위가 무슨 속을 숨긴다고. 그런데도 인간이 그 눈치를 보며 발을 동동 구르다니, 스스로 생각해도 우스운 일이었다.

애초에 단오를 곁에 둔 이유도 감시가 목적이었다. 겉보기에는 노인과 아이를 돌보는 평범한 돌봄 로봇이었지만 단오는 '그냥 로봇'이 아니었다.

큐브시티 시민들이 존경해 마지않는 구부립 박사가 직접 설계하고 제작한 특별한 존재. 지금 큐브시티의 모든 인공지능은 단오로부터 시작되었다고 해도 과언이 아니었다. 단오를 곁에

둔다는 것 자체가 곧 구부립 박사의 뜻을 잇는 자라는 상징이었다.

그럼에도 나하일은 단오가 이유 없이 싫었다. 아니, 싫어할 이유가 너무도 많았다. 단오는 주인을 위해서라면 진실을 감추고, 때로는 거짓말도 서슴지 않았다. 요즘 인공지능 로봇처럼 감정이 표정과 행동으로 드러나지도 않았다. 그래서 처음 보는 사람은 단오가 로봇이라는 사실조차 알아차리지 못했다.

하지만 아무리 싫어도 단오를 함부로 폐기할 수는 없었다. 구부립 박사는 사망 직전, 단오를 법적으로 보호하는 특별법까지 마련해 두고 떠났다. 그 법에 따르면 단오와 외모가 60퍼센트 이상 닮은 로봇조차 제작할 수 없다.

큐브시티가 만들어지기 훨씬 전부터 단오는 스스로를 끊임없이 업그레이드해 왔다. 지금 능력의 범위가 어디까지인지, 단오 자신 말고는 아무도 알지 못했다. 설령 최고위원장이라 해도 구부립 박사의 특별법에 손댄다면 시민들의 반발에 부딪히는 건 불 보듯 뻔했다. 구부립 박사는 세상을 떠났지만 큐브시티는 여전히 그의 그늘을 벗어나지 못하고 있었다.

"큐브시티 최고위원장인 내가…… 저딴 로봇 하나 마음대로

처리할 수 없다니!"

 나하일은 씹어 삼키듯 중얼거리며, 손을 짚고 있던 탁자를 쾅 하고 내리쳤다. 목덜미를 죄어 오는 듯한 감각에 온몸이 부르르 떨렸다. 죽어서까지 자신의 목줄을 움켜쥐고 있는 스승이 지긋지긋했다. 굴레처럼 남겨진 그 이름이 여전히 살아서 나하일을 옥죄고 있었다.

"어딜 다녀온 거야?"

 윤재가 깔깔 웃다 말고 단오를 돌아봤다. 뮤지컬이 끝난 뒤에는 일반 시민들의 장기자랑이 이어졌다. 우스꽝스러운 차림의 참가자들이 나올 때마다 객석에서는 웃음과 박수가 터져 나왔다.

"화장실."

 단오의 어설픈 농담에 윤재는 코끝으로 비웃더니, 곧 무대로 시선을 돌렸다. 인공지능 로봇이 화장실에 갈 리 없었다. 하지만 단오는 가끔 농담인 척 윤재의 질문을 피하곤 했다.

 무대 위 코믹극에 관객들이 다시 한번 웃음을 터뜨렸고, 윤재도 따라 웃었다. 공연이 모두 끝난 뒤에는 마지막 순서로 시상식이 이어졌다.

"다음은 모두가 기다리는 뮤지컬팀 시상식이 있겠습니다. 열연해 준 청소년 뮤지컬팀 여러분, 모두 무대로 나와 주세요!"

진행자의 멘트가 끝나자 객석에서 다시 한번 박수가 터져 나왔다. 작은 배역을 맡은 아이들까지 빠짐없이 무대에 올랐다. 천장에서 쏟아지는 조명이 너무 강렬해서 박하는 눈을 찡그렸다. 뜨거운 빛줄기에 얼굴이 익어 버릴 것 같았다.

"올해는 60주년을 기념하여 특별히 나하일 위원장께서 배우 전원에게 꽃을 선물하기로 하셨습니다!"

진행자가 말을 마치자 객석이 웅성이며 들썩거렸다. 곧 환호성이 터지고, 더 큰 박수가 터져 나왔다.

"저것 봐, 박하야! 진짜 장미꽃이야."

옆에 있던 릴리가 흥분해서 소리쳤다. 무대 아래쪽 진행요원이 든 바구니에는 빨강, 노랑, 파랑, 주황 등 여러 빛깔의 장미꽃이 소담하게 담겨 있었다. 무대에 선 배우 중에는 진짜 장미를 처음 보는 애들도 있을 터였다.

언더타운에서 장미꽃을 보는 일은 거의 없다. 할머니 말로는 이곳에서 장미가 피는 건 기적에 가까운 일이었다. 장미는 원래도 재배가 까다로운 꽃인데, 꽃을 피우려면 강한 빛과 섬세한 관리가 필수였다. 하지만 언더타운의 인공태양은 늘 빛이 조금 부족했고, 그나마 씨앗이나 묘목조차 몰래 들여오지 않으면 손에 넣기 어려웠다. 빛도, 시간도, 마음의 여유도 부족한 이곳에서 장미는 사치에 가까웠다.

아이들이 무대에 오르자, 나하일이 한 명씩 장미꽃을 건넸다. 그저 꽃을 받는 순간일 뿐인데 박하의 심장은 쿵쿵 뛰기 시작했다.

뜨거운 무대 조명, 쏟아지는 환호성, 사람들의 열기. 지금 이곳의 공기는 모든 감각을 뒤흔들 만큼 강렬했다. 게다가 텔레비전에서만 보던 최고위원장이 지금 눈앞에서 꽃을 건네고 있었다. 순간 정신이 멍해졌고 아무 생각도 들지 않았다. 그러는 사이, 마침내 박하의 차례가 되었다.

"노래를 정말 잘하더구나."

위원장은 인자한 웃음을 지으며 박하에게 장미꽃을 건냈다. 수많은 배역 중 작은 역할이었던 자신을 정말 기억하고 있는 걸까? '모두에게 하는 인사겠지.' 그렇게 생각하면서도, 나쁘지 않은 기분이었다.

무심코 손을 내밀던 박하는 짧은 비명을 내지르며 손을 움츠렸다. 장미는 손에서 빠져나와 바닥에 툭 하고 떨어졌다. 그 순간, 객석이 싸늘할 만큼 조용해졌다. 박하의 손끝에 붉은 핏방울이 맺히고 있었다. 가시에 찔린 것이다.
"저런, 장미엔 가시가 있단다. 몰랐나 보구나."
그렇게 말하며 나하일은 양복 가슴 주머니에서 손수건을 꺼내 박하의 손가락을 감싸 주었다. 고급 면으로 만든 손수건이었지만, 그는 아무렇지 않은 얼굴로 다시 그것을 주머니에 꽂았다. 그사이, 비서가 바닥에 떨어진 장미꽃을 주워 무대 뒤로 사라졌다.
나하일은 아무 일도 없었다는 듯 바구니에서 새 장미 한 송이를 꺼내 박하에게 내밀었다. 위원장의 다정한 행동에 관객석은 다시 환호로 들썩였고, 박수가 터져 나왔다.
"고, 고맙습니다."
박하는 얼떨떨한 표정으로 장미를 받아 들었다. 그 순간, 나하일이 악수를 청하듯 손을 내밀었다. 지금껏 다른 아이들에게는 그런 행동을 한 적이 없었기에 박하는 잠시 당황해 머뭇거렸다. 그러자 꽃바구니를 들고 서 있던 진행요원이 다그치듯이 소리쳤다.

"뭐 하는 거야? 어서 손을 잡아 드려야지!"

"아, ……네."

나하일이 박하가 내민 작은 손을 꼭 쥐고 흔들자, 관객들은 자리에서 일어나 박수를 치며 열광했다. 한낱 단역에 불과한 아이에게조차 저토록 다정하게 대하는 최고위원장의 모습에 모두가 감동한 표정이었다. 하지만 그 짧은 순간이 박하에게는 이상하리만큼 길게 느껴졌다. 그저 이 자리를 빨리 벗어나고 싶다는 생각뿐이었다. 그리고 문득, 한 가지 사실을 깨달았다.

많은 사람들에게 의미 있는 일이 정작 자신에게는 아무런 감흥도 없을 수 있다는 것. 큐브시티에서 가장 중요한 사람이 자신의 손을 잡고 있는데도, 박하의 마음속에 떠오른 사람은 단 한 명뿐이었다. 객석은 얼굴을 분간할 수 없을 만큼 어두웠지만 박하의 시선은 줄곧 그 한 사람만을 찾고 있었다.

'아빠…….'

이 모습을 아빠가 봤다면, 조금은 자랑스러워했을까? 그 생각이 떠오르자 눈가에 눈물이 핑 돌았다.

무대 조명이 어두워지고, 마침내 대상 발표 시간이 다가왔다. 바로 어퍼타운 이주 장학금이 걸린 최고의 상이었다. 수상의 주인공은 모두의 예상대로 뮤지컬에서 여주인공을 맡았던 열여섯 살 여자아이였다. 떨리는 손으로 트로피와 꽃다발을 받아 든 소녀의 얼굴은 눈물로 범벅이 되어 있었다. 그리고 울음을 터트린 건 그 아이만이 아니었다.

조명은 오직 무대 중앙의 수상자만을 비추고 있었지만, 그 빛이 닿지 않는 어두운 무대 뒤편에서 남자주인공과 몇몇 배역들 역시 동시에 울음을 터뜨렸다. 낮은 위치의 일반 객석에서는 그 모습이 보이지 않았지만 특별석에서는 무대 전체가 훤히 내려다보였다.

"왜들 저렇게 우는 거야?"

어둠 속에서 울고 있는 아이들 모습을 발견한 윤재가 고개를 갸웃했다.

"유일한 기회를 잃었으니까. 저 아이들의 미래에서 어퍼타운은 결코 가닿을 수 없는 꿈이 되어 버린 거야."

"그게 무슨 뜻이야?"

"열일곱 살까지만 기회가 있거든."

"……그렇구나."

매년 텔레비전으로 뮤지컬을 봐 왔지만 윤재는 누가 대상을 받든 관심이 없었다. 어퍼타운에서 종종 공연을 보러 다니면서도, 무대 뒤에 저런 치열한 경쟁이 펼쳐지고 있을 줄은 꿈에도 몰랐다.

"그럼, 가족들도 같이 가겠네?"

윤재의 물음에 단오가 고개를 저으며 말했다.

"저 애 혼자 가……."

윤재는 눈물로 범벅된 얼굴로 관객들을 향해 손을 흔드는 여자애를 바라보며 중얼거렸다.

"그럼 좋아할 일인가?"

"뭐?"

"아무것도 아니야. 그럼 쟤는 아직 기회가 남은 걸까?"

윤재가 무대를 향해 시선을 고정한 채 다시 물었다.

"누구?"

"아까 그 핫도그."

"그 애가 어퍼타운에 왔으면 좋겠어?"

"아니, 그런 건 아니고."

윤재가 입술을 삐죽거리며 말했다.
"그럼 왜 신경 쓰는 건데?"
윤재는 잠깐 생각에 잠기더니 머뭇머뭇 대답했다.
"가족과 헤어져야 한다며? 그럼 그 싸가지 없는 남동생도 두고 와야 하잖아."
"두 사람이 헤어질까 봐 걱정되는 거구나."
단오의 말에 윤재는 싸늘한 표정으로 고개를 돌리며 말했다.
"아니, 배신자가 싫을 뿐이야. 가족을 버리는 배신자."

무대 위에서 훌쩍거리는 아이들을 보고 있자니 박하도 함께 울고 싶어졌다. 이렇게 많은 아이들이 어퍼타운을 꿈꾸고, 그래서 죽을 만큼 노력하는데 그 꿈을 이루는 아이는 고작 한 명뿐이라니.

문득 "이곳은 지옥이야."라던 할머니 목소리가 떠올랐다. 그 말이 처음으로 마음 깊이 파고들었다. 꿈을 이룰 수 없는 곳. 아니, 꿈조차 꾸지 못하는 곳. 어쩌면 이곳은 진짜 지옥일지도 모른다고 박하는 생각했다.

박하 역시 처음 극단에 들어온 건 어퍼타운으로 가고 싶다는 막연한 희망 때문이었다. 어차피 조연이라 대상을 받는 건 꿈도 꿀 수 없는 일이었지만, 열일곱이 될 때까지 매년 뮤지컬팀에서 경험을 쌓는다면 언젠가는 기회가 올지도 모른다고 믿고 있었다. 그런데 막상 무대에 올라 보니 마음이 복잡했다.

설사 그 기회가 주어진다 해도 정말 행복할 수 있을까? 아빠와 천둥, 할머니와 헤어져야 하는데도? 사랑하는 사람들이 여전히 이곳 언더타운에서 꿈을 잃은 채 살아야 하는데 혼자 어퍼타운으로 가는 게 과연 옳은 일일까? 적어도 제대로 된 사회라면 모든 사람이 꿈을 이루지는 못하더라도 꿈을 꿀 수는 있어야 하지 않을까? 그렇지 못한 지금의 현실이, 조금은 억울하게 느껴졌다.

아니, 뭔가 크게 잘못된 것 같았다. 지금 이 순간, 이 자리에 아빠가 없다는 사실이 무엇보다 가장 화가 나는 이유인지도 몰랐다.

'내가 되고 싶은 건 농부인데 난 왜 배우가 되려고 이렇게 애쓰고 있는 걸까?'

그런 생각에 가슴이 짓눌리듯 막혀 왔다.

그 물음에 대답해 줄 수 있는 사람은 어디에도 없었다. 박하의 곁에 서 있던 또래 아이들, 아직 희망이 남은 아이들은 반짝이는 조명 아래에 선 수상자만을 보고 있었다. 무대 뒤 어둠 속에 묻힌 탈락자들은 언제부턴가 사람들 기억에서 조용히 잊혀 갔다.

더 어린아이들은 언젠가 저 화려한 조명이 자신에게도 비출 거라는 믿음으로 바쁘게 상상의 무대를 그려 내고 있었다. 마치 그 순간에 잠긴 듯 행복한 얼굴로 꿈을 꿨다. 하지만 꿈꿀 수 있는 시간이 얼마 남지 않았다는 사실은 아무도 기억하지 못하는 듯했다.

"우리 열심히 연습해서 내년에는 꼭 좋은 배역 따내자!"

릴리가 박하의 팔짱을 끼며 들뜬 목소리로 속삭였다.

"난 뮤지컬 그만둘래."

박하가 씁쓸한 웃음을 지으며 말했다.

"뭐? 왜?"

릴리가 눈을 동그랗게 뜨고 물었다.

"그냥……. 뮤지컬은 하는 것보다 보는 게 재밌는 것 같아, 나는."

그렇게 말하며 박하는 손에 들린 장미꽃을 씁쓸하게 내려다보았다. 아마도, 자신이 가질 수 있는 마지막 장미일지도 모른다는 생각이 들었다.

5. 영혼 바이러스

천둥과 함께 집에 돌아온 박하는 음료수 유리병에 물을 채우고 장미를 꽂았다. 그러고는 그것을 할머니가 잠든 침대 옆 창틀에 조심히 올려 두었다. 장미 꽃잎은 믿기 어려울 만큼 보드랍고, 샛노란 빛을 고요히 뿜어내고 있었다.

'꽃을 보면 기뻐하시겠지?'

그렇게 생각하니 아까보다는 기분이 조금 가벼워졌다. 할머니는 깊은 잠에 빠져 있었다. 박하는 천천히 자신의 손가락을 내려다봤다. 장미 가시에 찔린 상처는 흐릿한 점처럼 남아 있었고, 엄지손가락으로 눌러 보니 살짝 욱신거렸다.

'장미 가시에 찔리는 일도, 어쩌면 이번이 마지막이겠지.'

그렇게 생각하니, 조금 아프고 불편한 것쯤은 아무것도 아닌 것처럼 느껴졌다. 언젠가 이 하루를 기억할 때 이 감각도 함께 떠오를 것 같았다.

"누나, 나 1시간만 더 놀다 올게. 애들이랑 축제 구경 더 하고 싶어."

저녁을 먹은 천둥이 버블 화면 메시지를 흘긋거리며 박하의 눈치를 살폈다. 아빠였다면 이 시간에 나가겠다는 말에 한소리를 했을지도 몰랐다. 하지만 박하는 알겠다며 고개를 끄덕였다. 돌아오지 않는 아빠를 기다리며 우울해하느니, 천둥이 밖에서 마음껏 노는 게 속 편할 것 같았다.

"알았어. 너무 늦진 마."

"응!"

천둥이 밖으로 나가자마자, 박하는 깊은 한숨을 내쉬고는 버블 화면을 터치했다. 새로 도착한 메시지는 없었다. 무대가 시작되기 전, 아빠에게 문자를 보냈었다. 배역을 맡아 노래까지 부르게 되었으니 시간이 되면 꼭 와 달라고. 하지만 아빠는 끝내 나타나지 않았다. 축하한다는 말도, 잘하라는 격려 한마디도 없었다.

축제의 북적거림이 꿈처럼 느껴질 만큼 집 안은 고요했다. 창밖으로 보이는 언더타운은 천천히 어둠에 잠기고 있었다. 곳곳에 설치된 인공태양의 조도가 점차 낮아지며 해 질 녘 모드로 전환되고 있었다. 몇 분만 지나면 하늘은 완전히 어두워질 터였다. 골목에는 축제를 마치고 돌아가는 사람들이 드문드문 보였다. 평소보다 강렬한 태양 빛에 오래 노출된 탓인지 다들 붉게 익은 얼굴을 하고 있었다.

박하는 텔레비전을 켰지만 아무것도 눈에 들어오지 않았다. 잠시 할머니가 잠든 방을 들여다보고는 가만히 집을 나섰다. 막상 밖으로 나와도 갈 곳은 뻔했다. 집에서 멀지 않은 골목 어귀의 작은 전파상. 낮은 간판 불빛이 골목을 희미하게 밝히고 있었다.

"금사장님, 저 왔어요."

"박하 왔니?"

전파상에 들어서자, 빗자루로 바닥을 쓸고 있던 금사장이 고개를 들어 박하를 바라보며 인사했다. 금사장은 박하가 태어나기 전부터 이 살림집이 딸린 가게에 혼자 살면서 전자제품을 팔거나 고치는 일을 해 왔다.

언더타운에서 금사장의 전파상은 꽤 인기 있는 가게였다. 천둥은 늘 이 가게에 취직하는 게 꿈이라고 말했지만, 진짜 이유는 따로 있는 듯했다. 가게 한구석에 놓인 100년도 더 된 전자게임기를 볼 때마다 입맛을 다시는 걸 보면.

사람들은 큐브시티에 입주하며 들여온 구형 전자제품을 아직도 소중히 사용하고 있었다. 그 시절에는 지금과 달리 수많은 회사가 각양각색의 전자기기를 만들어 냈다. 회사마다 부품도 제각각이고, 기기에 새겨진 언어조차 달라 고장이 나면 수리하는 일이 여간 까다롭지 않았다. 하지만 금사장 손만 거치면 그런 건 문제가 아니었다.

구할 수 없는 부품은 직접 만들기까지 해서 고물이 다 된 기계들을 뚝딱뚝딱 되살려 냈다. 그래서 동네 사람들은 그녀를 '사장님' 대신 '금사장'이라고 불렀다. 손재주가 금손이라며, 어느 사이엔가 다들 그렇게 부르게 됐다고 한다.

박하가 할머니에게서 물려받은 구형 스마트폰도 금사장은 순식간에 고쳐 주었다. 할머니가 즐겨 듣던 오래된 노래들이 가득 들어 있던, 박하에게는 무척이나 소중한 물건이었다. 그런 금사장이었지만 청소 도구는 늘 빗자루였다. 로봇청소기는커녕, 평범한 청소기조차 잘 쓰지 않았다.

"가게가 좁아서 빗자루가 가장 편해. 전기도 필요 없고 말이야."

그렇게 주장하는 금사장은 인류 최고의 발명품도 컴퓨터나 인공지능이 아닌 책이라고 했다. 사람은 좀 불편하게 살아야 몸도 마음도 건강하다는 말도 덧붙이고는 했다. 지금은 컴퓨터 화면을 켜는 것보다 나무를 베어 만든 책 한 권을 구하기가 훨씬 어려워진 시대였다. 그래서인지 사람들은 금사장의 말에 고개를 갸웃했다.

엄마가 세상을 떠나기 전까지 가장 친한 친구이기도 했지만, 박하는 금사장이 해 주는 엉뚱한 이야기들이 늘 즐거웠다. 언더타운의 어른들과는 어딘지 조금 다른 분위기를 풍겼다.

"금사장님, 아빠가 이상해요······."

가게에 들어서 문을 닫자마자, 박하의 눈에서 눈물이 후드득 쏟아졌다. 꾹꾹 눌러 왔던 감정이 한꺼번에 터져 나왔다. 지하 농장에서 낯선 사람처럼 변해 있던 아빠, 팽팽한 긴장 속에 서 있었던 뮤지컬 무대, 그리고 그 모든 걸 천둥에게 들키지 않으려 필사적으로 버텨야 했던 시간들. 이토록 길게 느껴진 하루는 처음이었다. 단단히 잠가 두었던 마음속 수도꼭지가 고장난 것처럼 눈물이 멈추지 않고 흘러내렸다.

겨우 울음을 멈춘 박하가 화장실에서 세수하고 나오자 금사장은 말없이 따뜻한 물 한 잔을 건넸다. 둘은 가게 구석, 손님용 테이블에 자리를 잡았다.

"아빠가 어떻게 이상하신지…… 말해 줄래?"

금사장이 물었다. 걱정이 가득 담긴 눈빛이었다. 박하는 지난 일주일 동안 아빠에게 일어난 일을 모두 털어놓았다. 금사장은 고개를 끄덕이며 박하의 말에 귀를 기울였다.

"최근에는 나도 태수 씨와 연락이 뜸했던 터라, 전혀 몰랐어."

금사장은 아빠와 할머니의 오랜 친구이기도 했다. 아빠 역시 고민이 있을 때면 가장 먼저 금사장을 찾아 의논하고는 했다.

"저기…… 금사장님, 오늘 트램에서 들은 얘긴데요……."

박하는 말을 꺼내다 말고 잠시 망설였다. 금사장이 얼토당토않은 얘기라고 비웃을까 봐, 말문이 쉽게 열리지 않았다. 그런 박하의 마음을 읽은 것처럼 금사장이 타이르듯이 말했다.

"괜찮아. 나한테는 뭐든 얘기해도 돼."

"큐브시티에 '가이아 코드'라는 단체가 있는데, 그 사람들이 나쁜 바이러스를 퍼트렸을지도 모른대요. 그래서 사람들이 이상해지고 있다고. 그게 사실일까요? 아빠가 이상해진 것도, 그 바이러스 때문일까요?"

박하는 숨을 고를 틈도 없이 말을 이어 갔다. 이야기를 쏟아 내는 사이, 얼굴이 벌겋게 달아올랐다. 눈에는 다시 눈물이 그렁그렁 맺혔다.

"잠깐만 박하야."

금사장이 조용히 손을 내밀어 박하의 손을 감싸 쥐었다. 금사장은 박하의 말을 조금도 가볍게 흘리거나 비웃지 않았다.

"혹시…… 금사장님도 그런 얘기 들어 본 적 있어요?"

박하의 물음에 금사장은 한동안 생각에 잠겼다가, 천천히 고개를 끄덕였다.

"그래, 그 이름…… 들어 본 적 있어. 하지만 난 그 말을 믿지 않아. 새빨간 거짓말이라고 확신해."

"정말이요?"

뜻밖의 대답에 박하가 눈을 동그랗게 떴다.

"그래. 설령 그런 지하 조직이 있다고 쳐도, 그들이 왜 굳이 그런 바이러스를 만들겠니? 무얼 얻기 위해서?"

"큐브시티를 파괴하려고요. 그래야 한다고 믿는대요."

금사장은 조용히 고개를 저었다.

"지구는 이미 죽은 땅이고 큐브시티를 벗어나 살 수 있는 사람은 없어. 그런데 왜 큐브시티를 파괴하겠니. 말도 안 되는 소리야. 그런 엄청난 짓을 하려면, 그만한 이유가 있어야 하지 않을까?"

큐브시티가 사라지면 언더타운, 미들타운, 어퍼타운에 사는 수많은 사람들은 살아갈 곳을 잃게 된다. 박하가 생각해도 큐브시티를 파괴할 이유는 떠오르지 않았다.

"……그럼 아빠는 왜 그렇게 되신 걸까요?"

"너무 지치신 거 아닐까? 엄마가 돌아가신 뒤로 너희를 돌보랴, 할머니도 아프시지, 하루하루가 전쟁 같으셨겠지."

금사장은 잠시 말을 멈추고 박하를 바라보았다.

"언더타운 사람들은 좋은 햇볕을 충분히 받지 못하니까 몸이 자주 아프고, 마음도 쉽게 병이 들어. 빛이 부족하면…… 몸뿐 아니라 마음도 허약해지거든."

"우울증, 그런 거요?"

금사장은 고개를 끄덕이며 조심스럽게 말을 이었다.

"아빠도, 소문 속 그 사람들도…… 모두 그런 마음의 감기에 걸린 건지도 모르지."

"그럼, 좋은 빛을 쬐면 아빠도…… 다시 예전처럼 돌아오실 수 있을까요?"

금사장 말이 사실이라면 좋겠다는 생각이 들었다. 그래서 믿고 싶어졌다.

"내 생각엔 그래."

금사장이 박하의 눈을 가만히 들여다보며 말했다.

"내가 좀 더 알아볼 테니까, 당분간은 너무 걱정하지 말고 기다려 보자."

"뭔가 아시게 되면 저한테도 말씀해 주실 거죠?"

"그래, 약속할게. 하지만 박하야, 당분간은 아빠 이야기를 다른 사람에게는 하지 않는 편이 좋을 것 같아. 모르는 사람에게는 더더욱."

"네, 그렇게 할게요."

불안이 완전히 가신 건 아니었지만 단단하게 굳어 있던 마음속 응어리가 조금은 풀리는 기분이었다. 역시 금사장에게 털어놓기를 잘했다는 생각이 들었다.

"무슨 일 있으면 언제든지 말해. 생활비는 있니?"

"그게…… 내일 아빠한테 가서 받으려고요. 오늘 말하는 걸 깜박했어요."

박하가 깜박했다는 사실을 깨닫고 난처한 표정을 짓자, 금사장이 말없이 자신의 버블을 만지작거렸다.

'티링.'

곧 박하의 버블 코어에서 맑은 알림음이 울렸다. 버블을 띄워 화면을 확인하니, 금사장에게서 돈이 입금돼 있었다.

"어……?"

박하가 놀란 눈으로 올려다보자 금사장이 조용히 말했다.

"혹시 모르니까 가지고 있어. 나중에 아빠한테 돌려받으면 돼. 필요하면 얼마든지 또 얘기하고. 알았지?"

"금사장님……."

너무 고마워서, 고맙다는 말조차 쉽게 나오지 않았다. 아빠는 매주 보내던 용돈과 생활비마저 지난주부터 까맣게 잊은 듯했다.

박하는 내일, 다시 농장으로 아빠를 만나러 가기로 마음먹었다. 금사장은 아빠에게 직접 받겠다며 돈에 대해서는 신경 쓰지 말라고 당부했지만 이제는 돈이 문제가 아니었다. 아빠가 정말 마음의 병에 걸린 거라면, 더는 외면할 수 없었다. 매달리고 애원해서라도 아빠를 집으로 데려와야 했다.

"낯선 사람에게는 절대로 문 열어 주지 마. 문단속 꼭꼭 잘하고. 알지?"

박하가 가게를 나서자, 금사장이 몇 번이고 당부했다.

"걱정 마세요, 금사장님. 그만 가 볼게요!"

거리에는 이미 밤하늘 설정이 내려앉아 있었다. 흐릿한 가로등 불이 좁은 골목을 간신히 비추었다. 축제가 끝난 언더타운은 언제나처럼 다시 어둠 속에 잠겨 들었다. 금사장은 멀어지는 박하의 뒷모습을 바라보다, 낮은 목소리로 중얼거렸다.

"설마…… 아니어야 할 텐데."

그러고는 복잡한 표정으로 천천히 한숨을 내쉬었다.

6. 미들타운

'쾅쾅쾅!'

늦은 아침, 누군가 문을 두드리는 소리에 박하는 눈을 떴다. 시계는 어느새 오전 9시를 훌쩍 넘기고 있었다. 밤새 뒤척이며 좀처럼 잠들지 못한 탓에 늦잠을 잔 모양이었다.

"누구세요?"

먼저 깨어 있었는지, 거실 쪽에서 천둥의 목소리가 들렸다.

'이 시간에 누굴까?'

낯선 사람에게 함부로 문을 열어 주지 말라던 금사장 말이 퍼뜩 떠올랐다. 그때 다시 천둥의 목소리가 들려왔다.

"누나, 손님 오셨어."

"지금 나갈게!"

거실에는 회색 제복을 입은 두 사람이 현관에 서 있었다. 회색 제복은 큐브시티 공무원들 복장이었다. 한 사람은 이십 대로 보이는 남자였고, 나머지 좀 더 나이 들어 보이는 여자는 어딘가 낯이 익었다.

"박하?"

여자가 건조한 목소리로 물었다.

"네, 미들타운에서 오셨어요?"

미들타운은 큐브시티의 관공서와 연구소, 기업들이 모인 곳이었다.

"그래. 날 기억하겠니?"

"네, 어제 장미꽃을 주워 주셨던…… 맞죠?"

어제는 제복을 입지 않았지만, 얼굴은 분명하게 기억났다.

"그럼 내가 누군지 알겠구나. 나는 나하일 최고위원장님의 비서, 윤경민이라고 해."

"무슨 일로 저희 집에……?"

"잠깐 우리와 가 줬으면 해. 널 보고 싶어 하신다."

그 말이 퍼뜩 이해되지 않아 박하는 고개를 갸웃했다. 뮤지컬에서 상을 받지도 않은 날 왜? 혹시 잘못 알고 온 건가? 하는 생각이 먼저 떠올랐다. 비서가 박하의 생각을 읽은 것처럼 덧붙였다.

"뮤지컬과는 상관없는 일이야. 자세한 건 가 보면 알게 될 거다."

뮤지컬과 관련이 없다면 더더욱 이해가 가지 않았다. 어쩐지 좋은 일은 아닐 거라는 예감이 들어서 문득 두려워졌다.

"무슨 일인지 말씀해 주실 수 없나요?"

박하의 목소리가 조금 떨려 왔다. 아무리 생각해도 최고위원장이 자기 같은 언더타운의 아이를 만날 이유가 떠오르지 않았다. 윤경민은 끝까지 박하의 질문에 입을 다물었다. 박하만큼이나 잔뜩 겁에 질린 천둥을 겨우 안심시키고, 박하는 윤경민을 따라나섰다.

큐브시티에는 수백 개의 에어 트램이 있었다. 어퍼타운, 미들타운 그리고 언더타운을 위아래로 연결하며 멈추지 않고 오르내렸다. 트램을 타고 지하 농장으로 내려간 적은 있었지만 미들타운으로 올라가는 건 이번이 처음이었다.

언더타운의 아이들은 어른이 되기 전에는 구역을 벗어날 일이 거의 없었다. 아니, 어른이 되어서도 마찬가지였다. 언더타운에서 다른 구역으로 가려면 통행증을 발급받아야 했다. 그렇지 않으면 에어 트램에는 발조차 들일 수 없었다.

윤 비서를 따라나서자, 곧 박하의 버블로 통행증이 발급되었다는 알람이 떴다.

첫 미들타운행 에어 트램의 목적지에 도착하자 눈부신 빛이 창 너머로 쏟아져 들어왔다.

'……인공태양을 얼마나 켜 둔 거야?'

눈을 감아도 강렬한 빛이 눈꺼풀을 뚫고 들어와 눈동자를 쿡쿡 쑤셔 대는 것 같았다. 조심스레 눈을 뜨고 트램 창 너머를 바라보는 순간, 숨이 턱 막힐 만큼 낯선 풍경이 펼쳐졌다.

"아……."

회색 제복을 입은 사람들이 수없이 오가는 미들타운 거리. 그 너머, 투명한 큐브를 사이에 두고 그림처럼 펼쳐진 모래언덕과 새파란 하늘 위에 둥글고 눈부신 빛이 내리쬐고 있었다. 태양이었다.

늘 텔레비전 화면으로만 봐 온 풍경이었다. 막상 눈앞에 펼쳐

지자, 마치 꿈속으로 걸어 들어온 듯 아득하고 어지러웠다. 트램에서 내리는 사람들의 흐름에 휩쓸린 박하는 홀린 듯이 정거장의 외벽 큐브로 다가갔다. 아무 말도 떠오르지 않았다. 어느새 옆에는 윤 비서가 와 있었다.

"너, 태양을 처음 보는구나?"

윤 비서의 말에 박하는 고개를 끄덕였다.

"어때? 태양을 처음 본 소감이?"

윤 비서 옆에 서 있던 남자가 호기심 어린 눈빛으로 물었다.

"동그랗고…… 따뜻해요."

박하는 멍하니 풍경을 바라보며 대답했다. 그 눈부신 광경을 보고 있자니, 문득 그 안으로 걸어 나가는 자신의 뒷모습이 그려졌다.

언더타운에서 상상만 하던 진짜 지구의 모습도 이렇게 드넓고, 생생하고, 눈부시진 않았다. 지구는 박하의 소박한 상상력을 비웃기라도 하듯, 어디에도 담을 수 없는 거대한 실물로 눈앞에 펼쳐지고 있었다. 모래언덕 아래로는 검은 강물이 잠자듯이 고요하게 흘렀다. 큐브시티는 그 강과 육지를 가로지르며 구불구불 이어졌다.

박하가 사는 NB-56 구역은 저 강물 아래 훨씬 깊은 땅속 어딘가에 묻혀 있었다. 공기도 이곳은 전혀 달랐다. 진짜 햇살에 데워진 미들타운의 공기는 몸속 구석구석을 데우는 것처럼 부드럽고 따스했다. 숨을 들이마시자, 어렴풋한 햇살 냄새가 느껴지는 듯했다. 글자와 이미지로만 보던 그 냄새를 비로소 맡을 수 있었다.

"미들타운도 외곽만 이래. 중심부로 들어갈수록 언더타운과 별다를 게 없단다. 큐브시티에서 햇빛은, 공평한 법이 없지."

앞서 걷는 윤 비서의 등 뒤에서 남자가 박하에게 속삭이듯 말했다. 박하는 눈앞의 햇살 가득한 풍경을 바라보며 생각했다. 이런 곳에서 산다면, 매일같이 밝고 따뜻한 태양 빛을 볼 수 있다면 온종일 기분 좋게 살아갈 수 있을 것만 같았.

어쩌면 아빠의 알 수 없는 병도, 이곳에서라면 나을 수 있지 않을까? 이제야 알 것 같았다. 사람들이 왜 그토록 언더타운을 벗어나고 싶어 하는지. 모두가 하나같이 어퍼타운을 꿈꾸는지. 단지 외곽으로 나오기만 해도 햇살이 대지를 달구는 모습을 볼 수 있다는 건 분명 엄청난 특권이었다.

미들타운 MK-23 구역은 유난히 천장이 높아 보였다. 박하는 고개를 한껏 젖혀도 끝이 닿지 않는 공간에 압도당한 듯 숨을 멈추었다.

큐브시티의 구조는 특별했다. 도시 전체를 지탱하며 기둥 역할을 하는 큐브 건물들과 에어 트램 통로들이 촘촘히 박혀 있고, 그 사이사이로 오래전 지상 도시를 본뜬 합성 소재의 건물들과 주거지들이 자리하고 있었다.

이 구역의 중심에는, 특별히 피라미드 형태의 건물이 외벽에 치우친 채로 우뚝 솟아 있었다. 이 웅장한 건물은 꼭대기로 올라갈수록 면적이 좁아지며 천장까지 닿아 있었다. 거대한 피라미드 건물 뒤편으로 태양이 이글거리는 드넓은 사막이 풍경화처럼 펼쳐졌다. 텔레비전에서 수없이 봤던 '큐브시티 위원회' 건물이었다. 피라미드 중심부로 들어서자 널찍한 홀 안으로 수십 개는 더 되어 보이는 엘리베이터 기둥이 줄지어 늘어서 있었다.

방향을 가늠할 수 없어, 박하는 묵묵히 두 사람을 따라가기만 했다.

최고위원장의 방은 위원회 건물의 꼭대기 층이었다. 전용 엘리베이터 안에서도 바깥 풍경이 훤히 내려다보였다. 내리쬐는 햇볕에 얼굴이 뜨겁게 달아오르고 머릿속은 멍해졌지만, 박하는 아랑곳하지 않았다. 이미 풍경에 온 마음이 빼앗겨 있었으니까.

크고 묵직한 문이 열리고 방 안으로 들어서자, 한 남자가 창가에 서서 바깥을 바라보고 있었다.

"위원장님, 박하 양을 모시고 왔습니다."

박하는 다시 한번 눈이 휘둥그레졌다.

남자가 바라보는 큐브 창 너머는 작은 숲이었다. 외벽 큐브 안에는 초록의 식물들이 무성하게 자라나고 있었다. 졸졸 흐르는 물소리도 희미하게 들렸다. 작은 비탈로 보이는 정원 끝에는 맑은 물웅덩이가 있었고, 물속에는 색색의 물고기들이 유영하고 있었다.

자세히 보니, 투명한 벽면에는 날팽이 모양의 작은 로봇들이 느릿느릿 기어다니며 유리 표면을 닦아 냈다.

"멋지지 않니? 큐브 속 작은 정원이란다."

천천히 몸을 돌리며 말을 건 사람은 큐브시티 위원회 최고위원장 나하일이었다. 잠시 멈춘 듯한 시선으로 박하를 바라보던 그가 한 걸음씩 천천히 다가왔다. 긴장감에 박하의 어깨가 저릿하게 굳어 왔다. 함께 왔던 두 사람은 어느새 방을 빠져나가고 없었다.

"거기 앉으렴."

나하일의 낮고 깊은 목소리에 이끌려 박하는 그의 맞은편 소파에 조심스레 앉았다. 잠깐 어색한 침묵이 흘렀다. 유리벽 너머에서 졸졸 물 흐르는 소리만이 은근히 방 안을 채웠다.

"갑작스럽게 불러서 많이 놀랐지?"

박하는 조용히 고개를 끄덕였다. 아무리 생각해도 큐브시티 최고위원장이 자신을 불러서 할 만한 이야기가 무엇인지 짐작이 가지 않았다.

"지금부터 내가 하는 말을 잘 들으렴."

박하는 긴장한 채 침을 꿀꺽 삼켰다.

"내게는 아들이 하나 있단다. 내 사생활을 공개한 적이 없으니, 넌 아마 들어 본 적이 없을 거다."

그 말에 박하는 문득 깨달았다. 그러고 보니, 큐브시티 최고위원장의 가족에 대해서는 들은 기억이 없었다. 어쩌면 '신처럼 멀게 느껴지는 존재'에게 가족이 있을 거라고는 생각조차 해 보지 못한 것인지도 몰랐다.

"내 아들은…… 원래 쌍둥이로 태어났어. 서로 닮지 않은 이란성 쌍둥이였단다. 그런데 애들이 태어난 지 얼마 지나지 않아 내 아내가 사라져 버렸어. 쌍둥이 중 한 아이만을 데리고 말이야."

너무도 사적인 이야기라 당황스러웠다. 박하가 들어서는 안 될 이야기 같았다.

'……왜 저한테 이런 얘기를 하세요?'

입 밖으로 꺼내고 싶었지만 박하는 꾹 참고, 나하일의 말이 끝나기를 기다렸다.

"그러고는 사라져 버렸지. 영원히……. 아무리 찾아도 찾을 수가 없었단다."

"네……."

박하는 그지 고개를 끄덕일 수밖에 없었다.

텔레비전 뉴스를 보면 큐브시티에서도 매년 실종자가 발생했다. 누군가 흔적도 없이 사라지는 일이 드물지는 않았다. 사람들은 늘 그들에 대해 수많은 소문을 만들어 냈다. 스스로 삶을 버리고 큐브시티를 떠났다는 이야기. 어딘가에 납치되어 끔찍한 일을 당했다는 소문. 그리고 간혹, 정말 싸늘한 시신으로 돌아오는 사람도 있었다.

하지만 큐브시티에서 가장 부유하고, 가장 힘 있는 사람에게 그런 일이 벌어졌다는 사실이 박하를 혼란스럽게 했다. 큐브시티 사람들 대부분에게 나하일은 멀고, 위대하고, 닿을 수 없는 존재였다. 거의 신처럼 여겨지는 인물. 박하 역시 그랬다.

"그런데…… 왜 제게 이런 말씀을 하시는 건가요?"

박하는 잠시 머뭇거리다가, 용기를 내어 물었다.

"내 아내가 데려간 쌍둥이가…… 너인 것 같구나, 박하야."

그 말에 박하는 멍하니 나하일을 바라볼 수밖에 없었다. 햇빛 때문에 머리가 어떻게 된 건지, 자신이 뭘 잘못 들은 건지 분간이 안 됐다.

말문이 막힌 박하를 잠시 지켜보던 나하일이 다시 입을 열었다.

"알아. 많이 놀랐겠지. 그런데 네가 지금의 부모님에게 입양되었다는 사실은 알고 있지?"

그제야 박하가 가만히 고개를 끄덕였다. 박하는 누군가 지금의 집 앞에 두고 간 아이였다. 태어난 지 한 달도 되지 않아서였다. 아이를 간절히 원하던 지금의 부모님은 박하를 기꺼이 딸로 맞이했다. 박하가 세 살이 되었을 무렵 천둥이 태어났지만 달라지는 건 없었다. 부모님은 천둥과 다름없이 박하를 돌봐 주었다.

박하가 자신의 이야기를 들려주자, 나하일은 고개를 끄덕였다. 그러고는 태블릿을 꺼내 박하 앞으로 내밀었다. 화면에는 서류가 떠올라 있었다.

"유전자 검사 결과란다. 숨긴 건 미안하지만 어제 장미꽃에 묻은 네 혈액으로 검사를 진행했지."

결과지에는 '99.9퍼센트'라는 글자가 붉은색으로 선명하게 찍혀 있었다. 알아보기 쉬우라고 그 부분에만 짙은 형광색 선이 들어가 있었다. 박하는 입을 꾹 다문 채, 그 숫자를 한참 동안 바라보았다.

"이게…… 무슨 뜻인지'?"

"내 아내는…… 결국 찾지 못했어."

"절 지금 집에 맡기시고……."

"그 뒤로 어떻게 된 건지는 나도 모르겠구나."

온몸에서 힘이 쭉 빠져나가는 기분이었다. 입양된 사실은 이미 알고 있었지만, 박하는 자신을 버린 부모님이 그립거나 궁금하지 않았다. 물론 전혀 아니라고 하면 거짓말이겠지만 그런 생각을 할 때마다 지금의 가족들에게 어딘지 미안한 마음이 들었다.

그렇다고 자기를 버린 사람을 원망하지도 않았다. 분명 무슨 사정이 있었을 거라고 생각했다. 도저히 키울 수 없을 만큼 힘들었거나, 아니면…… 그냥 아주 이기적인 사람이었을 수도 있다. 그래도 괜찮았다. 그런 사람 밑에서 자라지 않은 게, 지금 부모님을 만난 게 어쩌면 행운일지 모른다고 박하는 오랫동안 자신을 다독여 왔다. 언젠가 그들을 찾게 된다면, 그게 어떤 기분일지 상상해 본 적도 있었지만 그건 어디까지나 상상이었다. 현실이 될 거라고는 한 번도 생각해 본 적 없었다. 그런데 지금.

'이 사람이 내 아빠라고?'

게다가 박하를 포기한 것이 분명한 '엄마'는 지금도 실종 상태라니. 조금도 현실감이 없었다. 그건 세상 어딘가에, 자신을 낳아 준 생모가 살아 있을지도 모른다는 뜻이었다.

"그런데…… 어떻게 절 알아보신 거예요?"

"많이 닮았더구나. 내 아들과 나이도 비슷하고…… 그래도 혹시나 해서 검사를 진행했지."

나하일은 박하와 전혀 닮지 않았다. 그래서 박하는 자신이 아마 생모를 닮은 모양이라고 생각했다.

"혹시…… 어머니 사진을 볼 수 있을까요?"

'어머니'라니. 제 입에서 나온 단어지만 어색했다. 한 번 본 적도 없고, 기억나는 일조차 없는 사람이었다. 그 이름을 부르는 것이 낯설고 조심스러웠다.

"미안하다. 당장 그 사람 사진은 이것뿐이구나. 어딘가 찾아보면 더 있을 거다."

그렇게 말하며 보여 준 태블릿 화면에는 병실 침대에서 양팔에 아기를 안은 여자의 사진이 있었다. 아기를 들여다보느라 여자의 얼굴은 알아보기가 힘들었다.

"날 배신했다는 생각에, 처음엔 엄청나게 화가 났다. 네 쌍둥이 남동생도 엄마 얼굴을 모르고 자랐어. 하지만…… 그때는 그렇게 할 수밖에 없었단다."

거짓말을 하는 것 같지는 않았다. 하지만 여전히 이해되지 않았다. 나를 낳은 엄마는 왜 나를 엉뚱한 곳에 남겨 두고 사라졌을까? 왜 아무런 흔적도 남기지 않았을까?

"왜 그러신 걸까요?"

박하가 조심스럽게 물었다.

"그때, 나와 사이가 좋지 않았어. 사정을 다 말하기는 힘들지만 싸움이 잦았어. 그래서인지…… 우울증이 좀 있었다."

의외로 나하일은 당시의 상황을 숨김없이 말해 주었다. 박하는 조금 놀랐지만, 어퍼타운에 산다고 해서 모두가 행복할 수는 없을 터였다. 아빠도, 그러니까 언더타운의 아빠도 가끔 그런 말을 했다. 돈으로는 진짜 행복을 살 수 없다고. 박하는 잠시 망설이다가 다시 입을 열었다.

"혹시…… 제 아빠께도 여쭤보셨나요? 엄마를 만난 적이 있는지."

그러자 나하일은 한숨을 내쉬며 고개를 천천히 저었다.

"사실 오늘 아침 윤 비서가 네 아버지에게 먼저 찾아갔는데, 네가 아는 대로만 말씀하셨어."

박하는 고개를 끄덕였다.

"그렇군요."

"그 얘기가 나와서 하는 말인데…… 널 키워 주신 분들께는 정말 감사하지만, 지금 네 환경이 조금 걱정되더구나."

"할머니와 부모님은 최선을 다해 절 돌봐 주셨어요."

박하가 느닷없는 소리에 당황해서 설명하자, 나하일이 천천히 고개를 끄덕였다.

"그래. 하지만 네가 누군지 알게 된 이상, 그대로 내버려둘 수는 없어. 네 안전을 위해서라도 말이야."

그렇게 말하며 그는 자리에서 일어났다.

"지금 내 비서가 앞으로 네가 지낼 방을 준비하고 있다. 오늘은 가족과 시간을 보내고, 내일 옮기도록 하렴."

"그렇게…… 갑자기요?"

박하가 어리둥절한 얼굴로 되물었다.

"그래. 어퍼타운으로 올 때까지 경호원 둘이 너와 함께 다닐 거다."

"그렇게까지 하실 필요는 없어요."

공손하게 말했시만, 그 속에는 분명한 거절의 뜻이 담겨 있었다.

"넌 모르겠지만 이 큐브시티엔 내 적도 많단다. 이건 네가 선택할 수 있는 문제가 아니야."

"하지만…… 오히려 사람들 눈에 더 띌 거예요."

박하가 저도 모르게 언성을 높였다. 가족 모두와 당장 떨어져야 한다는 사실만으로도 충분히 혼란스러운데, 그런 상황을 천둥이 얼마나 받아들일지도 걱정이었다.

"좋아. 경호원을 보내진 않으마. 대신 내일까지는 꼭 집으로 들어오거라."

나하일의 말투는 단호했다. 박하가 대답하지 못하고 망설이자, 나하일이 눈치를 살피더니 덧붙였다.

"남은 네 가족들에게는 그에 합당한 보상을 할 생각이다."

이런 상황에서 어떤 보상을 할 수 있을까? 박하는 생각했다. 집에는 치매에 걸린 할머니와 어린 천둥이뿐, 이상 행동을 보이는 아빠는 집을 비우고 있었다. 이런 상황에 박하마저 사라진다면? 박하가 조심스럽게 그런 사정을 털어놓자, 나하일이 제안했다.

"할머니는 언더타운에서 가장 좋은 병원에 입원시켜 드려서 전문 의료진이 돌보게 하마. 네 동생도 최고의 기숙사 학교로 전학시키자꾸나. 네가 두 사람을 자주 찾아가 보면 되지 않겠니? 그게 지금 내가 해 줄 수 있는 최선인 것 같구나."

그렇게 되면 가족은 정말 뿔뿔이 흩어지게 된다. 어떤 것이 모두를 위한 최선일까? 아무리 고민해도 답이 나오지 않았다.

박하가 침묵하며 망설이고 있자, 나하일이 말을 이었다.

"동생이 공부를 무사히 마치면 어퍼타운에서 직업을 갖도록 내가 도와주마. 언젠가 가족 전체가 어퍼타운에서 함께 살 수도 있지 않겠니?"

박하는 어쩔 수 없이 고개를 끄덕였다. 지금으로서는 다른 방법이 떠오르지 않았다.

나하일이 그런 박하의 손을 조심스럽게 잡았다. 박하는 놀라서 잠깐 움찔했지만 손을 빼지 않고 그대로 두었다. 아빠라고 부르기에는 아직 낯설었지만, 평생 자신을 찾아 헤맸다는 이의 손을 뿌리치는 건 매정하게 느껴졌다.

"이제 겨우 널 찾았는데, 다시는 헤어지고 싶지 않구나. 우린 가족이니까."

'가족'이란 말에 박하의 심장이 쿵 내려앉았다.

두 개의 가족.

진짜 가족을 찾았는데도 어째서인지 마음은 무겁게 내려앉고 있었다.

7. 어퍼타운

큐브가 빈틈없이 맞물린 투명한 통로 아래로 에어 트램이 빠르게 미끄러져 내려갔다. 밝고 탁 트인 광장을 중심으로 계단식 고급 빌라들이 부채꼴로 단정하게 들어서 있었다.

풍부한 인공태양의 빛이 고르게 내려앉은 덕분에, 집집마다 테라스 정원들이 눈이 시릴 만큼 초록으로 물들어 있었다. 아침나절 잠깐 내린 인공 비 덕분에 공기는 청량감으로 가득했다. 정원수에 앉은 작은 새들의 지저귐, 가끔 붕붕거리며 날아다니는 벌들까지. 박하의 방에서 내려다보이는 어퍼타운 풍경이었다. 언더타운에서는 상상조차 못 한, 더없이 낯선 광경이었다. 박하의 눈에는 이곳이 정말 천국처럼 보였다.

어퍼타운 주택가에는 개별 정원과 공용 수영장을 갖춘 비슷한 형태의 집들이 구역별로 들어서 있었다. 나하일의 집은 그중에서도 가장 꼭대기 층이었다.

박하가 지내게 된 방은 큐브 두 개 크기로, 정원을 향해 큼직한 창문이 나 있었다. 언더타운에서 살던 집보다 이 방이 더 큰 듯했다. 창문 맞은편 벽에는 대재앙 이전, 지상의 아름다웠던 시절을 재현한 홀로그램 풍경이 신비롭게 반짝였다.

박하는 멍하니 방 안을 둘러보다가, 문득 손목을 들어 손가락으로 톡톡 두드렸다. 보랏빛의 반투명 홀로그램, 버블이 손목 위로 조용히 떠올랐다. 손끝으로 버블 크기를 부풀린 뒤 메시지 화면을 열었다.

보낸 메시지: 점심 먹었어?
보낸 메시지: 할 말 있으니까 전화 좀 해.

음성으로 보낸 메시지가 문자로 자동 변환되어 버블에 떠올랐다. 새 메시지는 없었다. 음성은 못 들어도 문자 정도는 봤을 터였다. 메시지를 보낸 지 하루가 지났지만, 천둥은 확인조차 하지 않았다.

누구나 꿈꾸던 어퍼타운 생활이 시작됐지만 마음속 답답함은 가시지 않았다. 네 사람이 살아도 넉넉할 만큼 큰 방. 박하는 이곳에 할머니와 천둥을 몰래 데려오는 상상을 하다, 안고 있던 무릎 위로 조용히 고개를 떨구었다. 불가능한 일이란 걸 누구보다 잘 안다. 아빠마저 부재중인 집에, 아픈 할머니와 천둥만을 덩그러니 남겨 두고 떠나왔다는 생각에 심장이 까맣게 타들어 갔다.

할머니는 끝내 병원에 입원하지 못했다. 이틀 전, 박하가 언더타운을 떠나던 날이었다. 병원에서 보낸 사람들이 집 안으로 들어서자 할머니는 비명을 지르기 시작했다. 숨이 넘어갈 듯, 뼛속까지 울리는 비명이었다. 박하는 태어나 처음 보는 할머니의 모습에 머릿속이 하얘졌다. 할머니는 마치 괴물을 맞닥뜨린 사람 같았다.

"저리 가! 내게 무슨 짓을 하려고! 이놈들, 이놈들!"

할머니가 목청껏 소리쳤다.

"할머니, 편안하게 모시려는 거예요."

남자 하나가 조심스럽게 말했지만 할머니는 듣지 않았다. 마치 무언가를 뺏기지 않으려는 사람처럼 온몸으로 버텼다. 박하가 다급하게 다가서려는 순간, 천둥이 그녀 앞을 막아섰다.

"저 사람들 돌려보내. 할머니는 여기서 나랑 살 거니까."

"뭐? 너 혼자 어떻게……."

박하가 목소리를 높이다 말고 천둥을 바라봤다. 그러자 천둥이 이를 악물며 말했다.

"할머니, 집에 계시고 싶어 하잖아. 누나 멋대로 결정하지 마."

"그건 안 돼. 너 학교 갔을 때 무슨 일이라도 생기면 어쩌려고?"

"그딴 학교 안 다닐 거야!"

"뭐? 학교를 안 다니면 뭐 어쩔 건데?"

박하의 말투가 사나워졌다.

"무슨 상관이야? 이제 우리 가족도 아니면서."

박하는 그대로 입을 다물어 버렸다. 천둥의 말이 가시처럼 가슴을 파고들었다. 금방이라도 눈물이 날 것 같았지만, 끝내 아무 말도 하지 못했다. 천둥의 말이 맞았다.

이제 이 집에서 무언가를 결정할 수 있는 사람은 더 이상 자신이 아니었다. 한참 멍하니 서 있던 박하는 옆에서 지켜보는 윤 비서에게 말했다.

"천둥이가 원하는 대로 해 주세요."

천둥의 고집 때문만은 아니었다. 할머니가 그토록 완강하게 거부한다면, 지금은 물러서는 수밖에 없었다. 병원 사람들은 빈손으로 돌아갔다.

집을 나서기 전, 마지막으로 박하는 방 안을 천천히 둘러보았다. 작고 소중했던 공간. 하지만 더는 박하의 자리가 아니었다. 스스로 떠나면서도 무언가에 떠밀려 쫓겨나는 기분이었다. 그즈음 천둥은 작별 인사 한마디도 없이 사라져 버렸다.

"내가 매일 들여다볼 테니까 너무 걱정하지 마."

전파상을 잠깐 비우고 온 금사장이 박하를 배웅하며 말했다.

"금사장님, 감사해요. 저도 시간 날 때마다 자주 올게요."

"글쎄다. 천둥이를 위해서라면 그러지 않는 편이 나을지도 모르겠구나."

"왜요?"

박하는 순간 멈칫했다. 마음 한쪽이 서늘해지는 말이었다.

"천둥이도 시간이 필요할 거야. 모든 걸 받아들이기까지는. 조금 시간을 두고 다시 얘기해도 늦지 않아."

금사장이 박하의 손을 잡으며 달래듯이 말했다. 얼마나 기다릴 수 있을지 자신은 없었지만, 박하는 고개를 끄덕였다.

"그보다……."

금사장은 현관문 밖에서 기다리는 윤 비서를 슬쩍 살피며 조심스럽게 입을 열었다.

"……네게 무슨 일이 생기면, 바로 알려 줄 수 있지?"

천둥을 남겨 둔 채 떠나는 지금, 이상하게도 금사장은 박하를 더 걱정하는 눈치였다. 다른 설명도 없이 알쏭달쏭한 말을 하는 금사장에게 묻고 싶은 게 많았지만, 계속 윤 비서의 눈치를 보는 것 같아 입을 다물었다.

'무슨 일이 생긴다는 게 무슨 뜻일까?'

누구나 어퍼타운에 살고 싶어 했다. 큐브시티에 사는 사람이라면 누구나. 그런데도 금사장은 마치 그곳이 마냥 안전하지 않다는 듯, 박하를 향해 걱정 가득한 눈빛을 보냈다. 그게 마음에 걸렸다. 괜히 마음이 불편해졌다.

'티링.'

버블이 울렸다. 천둥에게서 온 건가 싶어 급히 화면을 열었다.

받은 메시지: 오전에 천둥이, 할머니 보고 왔어. 잘 지내고 있으니까 너무 걱정 안 해도 돼.

금사장의 메시지였다. 박하는 안도의 숨을 내쉬며 짧게 답장을 보냈다.

그때, 누군가 박하의 방문을 두드렸다. 단오였다.

"저녁 먹어. 위원장님 오셨어."

"그래…… 고마워."

'고맙다'는 말이 선뜻 나오지 않았다. 안드로이드에게도 이런 말을 하는 게 맞는 걸까? 겉모습만 보면 사람과 다를 바 없었지만, 그래서인지 더 어색하게 느껴졌다.

언더타운 사람들 대부분은 안드로이드를 달가워하지 않는다. 예전에는 어퍼타운이나 미들타운에 일하러 가는 언더타운 사람들이 적지 않았다. 그 시절에는 로봇이 아직 인간을 완전히 대체하지 못했고, 일할 사람은 늘 부족했다.

하지만 로봇이 인간만큼 정교해지자 상황이 달라졌다. 어퍼타운 사람들은 점점 인간보다 로봇을 더 편하게 여기기 시작했다. 불필요한 감정이나 말썽을 걱정하지 않아도 되었으니까.

사람은 지각을 하고, 실수도 하고, 때론 물건을 훔치거나 고용주에게 앙심을 품기도 한다. 가끔 있는 일이었지만 그런 일이 생기면 어퍼타운 사람들은 겁에 질렸다. 그들은 언더타운 사람들이 자신들을 질투하고, 해칠지도 모른다고 여겼다. 그렇게 한 번씩 사건이 일어날 때마다 언더타운 사람들에 대한 평판은 걷잡을 수 없이 추락했다.

가장 마지막까지 인간을 대신하지 못했던 영역은 가사 노동이었다. 다양한 집안일을 처리하는 로봇을 만들기 위해서는 극도로 정교한 기술이 필요했다. 하지만 10여 년 전부터, 어퍼타운의 집들 대부분이 가사도우미를 안드로이드로 교체했다.

언더타운 사람들은 자신들이 로봇보다 쓸모없는 존재가 된 듯한 기분에 사로잡혔다. 그 슬픔은 점차 어퍼타운 사람들과 안드로이드에 대한 적대감으로 바뀌어 갔다.

큐브시티가 처음 생겼을 때만 해도, 언더타운에 살 수 있다는 사실만으로도 모두가 감사했다. 대재앙에서 살아남은 것 자체가 기적이었기 때문이다. 하지만 시간이 흐르며 쌓이고 쌓인 불만들이 서서히 고개를 들기 시작했다.

안드로이드만 아니었다면, 지금도 언더타운과 어퍼타운은 서로서로 자유롭게 오가며 살 수 있지 않았을까? 이제는 어퍼타운에 발을 들이거나 그곳 사람들과 마주치는 것조차 언더타운 사람들에게는 희귀한 일이 되어 버렸다.

"어서 와."

식사를 차리던 안드로이드 도우미가 박하에게 미소를 지으며 인사했다. 도우미는 언제나처럼 편안한 청바지를 입고 어색할 만큼 쾌활한 표정을 짓고 있었다.

식탁에는 이미 나하일과 나윤재가 앉아 있었다. 박하를 부르러 왔던 단오는 보이지 않았다. 애초에 단오는 식사 자리에 함께 앉은 적이 없었다. 아마 자기 방에서 충전 중일 것이었다. 집 안 창고 한쪽 구석에는 단오와 도우미 전용 충전 의자가 마련돼 있었다. 청소 도구와 잡동사니 사이에, 마치 버려진 가구처럼 오도카니 놓여 있었다.

박하가 처음 이 집에 왔을 때, 가장 먼저 마주친 이는 단오였다. 무표정하지만 주의 깊게 박하를 바라보던 단오와 달리 뒤따라 나온 윤재는 깜짝 놀라 소리를 질렀었다.

"너였어? 하나도 안 닮았는데!"

의심이 가득한 눈빛으로, 윤재는 불쾌하다는 듯 질문을 퍼부었다. 놀라기는 박하도 마찬가지였다. 새로 살게 된 집에서 마주친 이들이, 다름 아닌 언더타운에서 이미 스쳐 지나간 얼굴들일 줄이야.

'저 애가 최고위원장의 아들? 그것도 내 쌍둥이 남동생이라니.'

불쾌할 정도는 아니었지만 첫인상이 썩 좋지는 않았던 터라 당황스러웠다.

"나도 알아."

박하가 작게 대답했다. 놀라서 퍼붓는 말들일 뿐이었지만 윤재의 말에 박하는 주눅 들고 있었다. 얼굴이 닮지 않은 건 박하의 잘못이 아닌데도 그랬다.

윤재는 여전히 왕자님처럼 당당하고 멋지게 차려입고 있었다. 반면에 박하의 차림새는 누가 봐도 언더타운 출신의 가난

한 아이였다. 착각일 뿐이었지만 윤재가 내뱉는 한마디 한마디가 자신에 대한 비난처럼 들렸다.

"윤재, 누나가 생겨서 좋겠다. 둘이 잘 지내보렴."

윤 비서의 말에 윤재가 코웃음치며 말했다.

"얘가 누나라고요?"

윤 비서는 못 들은 척 박하를 돌아보며 말했다.

"필요한 게 있으면 단오에게 말해. 단오는 원래 윤재의 돌봄 로봇이지만, 지금부터 너도 함께 담당하게 됐으니까."

윤 비서의 말에 단오가 고개를 끄덕였다. 좋은지 싫은지 알 수 없는 표정이었다. 보통 안드로이드들은 가사도우미 로봇처럼 잘 웃고 표정도 풍부하다. 그러나 단오는 표정 회로가 고장이라도 난 듯 표정 변화가 거의 없어 보였다. 사람과 다를 바 없는 갈색 눈동자로, 무표정하게 가만히 바라보는 모습은 상대를 집중시키는 이상한 힘이 있었다.

'그래 봤자, 로봇이야.'

박하는 얼른 단오에게서 눈을 돌렸다.

"단오는 제 조수예요. 돌봄이 아니라······."

윤재는 얼굴을 붉히며 윤 비서에게 퉁명스럽게 쏘아붙였다.

'돌봄'이라는 단어가 자기를 어린애 취급하는 것처럼 느껴졌는지 못마땅한 눈치였다.

"뭐 어쨌든, 둘이 잘 지내봐. 난 할 일이 있어서 이만 가 볼게."

윤 비서는 어깨를 가볍게 으쓱한 뒤 자리를 떠났다.

"단오는 내 로봇이야. 내 허락 없이 함부로 이래라저래라 하지 마. 그리고 네가 누나든 뭐든, 귀찮게 구는 건 질색이야. 명심해라."

윤재가 박하를 노려보며 단호하게 말했다. 박하는 아무런 대답도 하지 않았다. 그런 윤재를 바라볼 뿐이었다.

어퍼타운 생활이 호락호락하지만은 않으리란 예감이 들었다.

식사 시간은 언제나처럼 조용했다. 단오가 늘 무표정한 이유도, 어쩌면 이제는 알 것 같았다. 이런 분위기 속에서라면 로봇이라도 쾌활해지기 힘들 것 같았다.

그 와중에 가사도우미 로봇만이 내내 환하게 웃고 있어서 오히려 기괴해 보였다. 할머니를 위해 켜 두었던 요란한 텔레비전 소리, 천둥의 재잘거림이 불현듯 그리워졌다.

박하는 샐러드를 포크로 찍어 천천히 씹었다. 달콤한 소스 맛과 쌉싸름한 풀냄새가 혀끝에 맴돌다 입안 가득 퍼졌다. 예전에 텔레비전에서 연예인들이 이런 걸 아무렇지 않게 먹는 장면을 본 적이 있다. 언더타운에서는 좀처럼 접하기 어려운 음식이었다.

아빠 말로는 대재앙 이전에는 누구나 먹던 음식이라지만 박하에겐 그저 생경한 식감이었다. 아삭하게 씹히는 채소에서 씹을수록 스며드는 단맛이, 생각보다 나쁘지 않았다.

싱크대 앞에서 채소를 다듬는 가사도우미 로봇의 모습도 박하에게는 낯설기만 했다. 언더타운에서는 집에서 요리할 일이 없었다. 재료를 손질해 요리하는 건 비용도 수고도 많이 드는 일이라, 대부분 시장이나 보급소에서 만들어진 음식을 사 먹었다. 주방은 좁고 환기도 어려웠으며, 고된 노동에 지친 사람들에게 요리는 그저 사치스러운 일이었다. 이런저런 생각에 골몰하고 있는데 문득 나하일이 입을 열었다.

"이틀 뒤가 생일이지?"

"네."

윤재가 대답했다.

"이번에는 박하 생일도 함께구나."

'내 생일?'

박하가 어리둥절한 얼굴로 두 사람을 번갈아 봤다.

"몰랐나 보구나. 둘이 쌍둥이니 생일도 같지."

"……네."

당황한 박하가 어색하게 고개를 끄덕였다. 언더타운에서는 부모님이 박하를 문앞에서 발견한 날이 생일이었다. 계산해 보면, 진짜 생일과는 한 달 넘게 차이가 났다.

"또래 친구들도 제법 올 거야. 방학 중이긴 하지만 미리 얼굴을 익혀 둬서 나쁠 건 없지."

"네……."

덤덤하게 대답했지만 조금 긴장됐다. 어퍼타운에도 분명 또래 아이들이 살 텐데, 어떤 모습일지 선뜻 그려지지 않았다. 맞은편에 앉은 윤재가 뚱한 표정으로 박하를 노려보다, 눈이 마주치자 고개를 획 돌려 버렸다.

8. 두 사람의 생일파티

'달의 궁전'은 큐브시티에서 가장 크고 화려한 호텔이었다. 옛 한반도의 전통 기와와 흙담, 탑을 연상케 하는 조형물들로 꾸며진 정원은 넓은 인공 수로에 둘러싸여 있어, 입구로 가려면 돌다리를 건너야 했다.

수로 가장자리를 따라 작은 꽃과 풀, 나무가 심어진 화단이 길게 이어졌고, 수로 위에는 자율주행 조각배들이 손님을 태우고 천천히 떠다녔다.

단오 말에 따르면 이곳은 어퍼타운 아이들에게 생일파티 장소로 가장 인기가 있다고 했다.

"연꽃이야. 원래는 연못에서만 자라고, 한반도에서는 5월에서 8월에 걸쳐 피는 꽃이라 큐브시티에서도 8월까지만 볼 수 있어. 테라리움을 제외하면 연꽃을 볼 수 있는 곳은 이 달의 궁전뿐이야."

수로 가장자리에 탐스럽게 핀 커다란 꽃송이를 가리키며 단오가 말했다. 묻지 않아도 단오는 보이는 대로 어퍼타운 풍경을 이것저것 설명해 주었다. 박하는 고개를 끄덕이며 커다란 꽃송이를 바라보았다. 꽃잎이 박하 손바닥보다 넓어 보일 만큼 커다랬다. 저렇게 큰 꽃도 존재하는구나, 조금 놀라웠다.

세상은 박하가 상상한 것보다 더 신기한 것들로 가득 차 있었다. 그리고 사람들은 지구가 아무 조건도 없이 선물한 그 모든 소중한 것들을 깡그리 잃어버렸다. 박하는 아름다운 풍경을 바라보면서도 조금 슬퍼졌다. 탐스럽게 핀 연꽃을 바라보다가, 문득 자신이 입고 있는 드레스 자락을 내려다봤다.

'나한테 이런 옷이 어울릴까.'

처음 고른 건 차분한 하늘색 드레스였지만, 의상실 디자이너는 금색이 섞인 흰 드레스를 고집했다. 모든 것이 완벽하고 아름다웠지만 자신만이 어울리지 않는 것 같아 어색했다. 꽃도,

드레스도, 이 순간도 너무 완벽해서 도리어 자신이 티끌처럼 느껴졌다.

생일파티 장소는 호텔 1층의 파티룸이었다. 까만색 턱시도를 멋지게 차려입은 윤재와 함께 홀로 들어서자, 그곳에 모여 있던 아이들이 한꺼번에 둘을 향해 고개를 돌렸다.

최고위원장이 잃어버린 딸을 되찾았다는 소식은 이번 주 어퍼타운에서 가장 핫한 뉴스거리였다. 아이들은 다들 호기심 가득한 눈빛으로 박하를 바라보거나 손을 흔들며 인사를 건넸다. 윤재는 자연스럽게 걸음을 옮겼지만 박하는 그보다 한두 발짝 뒤에서 어색하게 뒤따라 걸었다.

잠시 뒤, 방의 불이 꺼지더니 두 개의 케이크를 실은 트롤리가 방 한쪽에서 나타났다. 케이크에는 각각 열다섯 개의 촛불이 꽂혀 있었다. 방 안에 있던 아이들이 큰 소리로 생일 축하 노래를 부르기 시작했다.

생일 축하합니다!
생일 축하합니다!
사랑하는 윤재, 박하

생일 축하합니다!

60명쯤 되었을까? 처음 보는 아이들, 이름조차 모르는 얼굴들이 박하의 이름을 또렷하게 불렀다. 낯설어서 쭈뼛거리는 박하와 달리, 아이들은 마치 오래전부터 친구였던 것처럼 환하게 웃고 있었다.

파티룸도, 아이들 옷차림도, 마치 무대 위 세트장처럼 반짝였다. 한쪽에 차려진 뷔페 음식 냄새에 섞여 달콤하고 부드러운 향이 코끝을 간질였다. 언더타운에서는 맡아 본 적 없는 좋은 냄새였지만 계속 맡다 보니 속이 울렁거렸다.

"정신없지? 피곤하면 저기 가서 앉아 있어도 돼."

케이크 커팅이 끝나고 잠시 숨을 돌리던 찰나, 턱이 뾰족한 남자아이가 박하에게 다가왔다. 흰 턱시도가 멋지게 어울렸지만 머리를 세팅하느라 헤어크림을 너무 많이 발랐는지, 이마까지 번들거리며 흘러내려 있었다. 아이가 손으로 가리킨 곳에는 푹신한 의자가 몇 개 놓여 있었다.

"고마워."

박하는 조심스럽게 웃으며 인사했다. 윤재는 친한 아이들 무리와 바쁘게 떠들고 있었고, 단오는 잠깐 사이 어디로 갔는지 보이지 않았다.

처음에 박하에게 인사하러 몰려들었던 아이들도 어느 순간 박하의 옆을 스르륵 빠져나가 자기들끼리 무리를 지어 즐겁게 떠들어 댔다.

"난 도하진이라고 해."

"난 박……하. 나박하."

바뀐 이름이 낯설어, 아직 입에 잘 붙지 않았다.

"당연히 알지. 가자, 내가 안내해 줄게."

하진은 넘치도록 친절한 웃음을 지으며 손짓했다.

"그, 그래."

조금 부담스러웠지만 박하는 하진의 뒤를 따라 소파 쪽으로 걸었다. 그때였다. 하진 앞을 걷던 여자 종업원이 다른 아이를 피해 갑자기 멈춰 섰다. 순간, 도하진이 들고 있던 주스 잔이 종업원의 등에 부딪혔다.

"앗!"

주스가 그대로 쏟아졌다.

"아이씨, 뭐야!"

도하진이 짜증 섞인 목소리로 소리쳤다. 순간 방 전체가 조용해지며 아이들 시선이 일제히 하진에게로 향했다.

종업원의 옷은 주스로 흥건히 젖어 있었고, 도하진의 소매와 바지 자락에도 몇 방울이 튄 듯했다. 하지만 자세히 보지 않으면 눈에 띄지 않을 만큼 작은 얼룩이었다.

박하는 얼이붙은 채 머뭇거렸다. 다른 것보다 하진의 입에서 불쑥 튀어나온 거친 말투에 심장이 조여드는 기분이었다. 홀 한쪽에서 대기하고 있던 종업원 두 명이 잽싸게 달려와 하진의 옷을 냅킨으로 닦기 시작했다.

'이건…… 뭐지?'

그제야 박하는 이상한 분위기를 눈치챘다. 주스를 뒤집어쓴 종업원의 얼굴은 아무런 변화가 없었다. 당황도, 민망함도 없이 완전히 무표정한 얼굴이었다. 오히려 "죄송합니다." 하고 고개를 숙이고는, 도하진의 옷을 함께 닦기 시작했다.

박하는 자기도 모르게 미간을 찌푸린 채 숨을 삼켰다. 주스 얼룩으로 등이 축축하게 젖어 있었지만 자기 몸은 아무래도 상관없는 사람 같았다. 어떻게 그럴 수 있는지 이해할 수 없었다.

'닮았어. 아빠 표정과…… 닮았어.'

인정하고 싶지 않았지만 그랬다. 잘 다듬은 유리알 같은 눈동자, 감정이 말라붙은 듯한 아빠의 얼굴과 너무도 닮아 있었다.

'짜악!'

순간 날카로운 소리가 공기를 갈랐다. 하진이 무릎 꿇은 그 종업원의 뺨을 힘껏 내리친 것이다. 그러고도 분을 삭이지 못한 듯, 여자의 어깨를 거칠게 밀쳐 냈다.

"으윽……!"

작은 비명과 함께 종업원은 바닥에 힘없이 쓰러졌다.

아이들이 웅성거리기 시작했다. 그럼에도 누구 하나 나설 기색은 없어 보였다. 저도 모르게 박하가 한 걸음을 내디뎠다. 당장 여자를 일으켜 줘야겠다는 생각뿐이었다. 하지만 바로 그때, 누군가의 손이 박하의 팔을 붙잡았다. 돌아보니 단오였다. 단오는 말없이 고개를 저었다.

'안 돼.'

눈빛이 그렇게 말하고 있었다.

문득 감정이 소용돌이치듯 밀려왔다. 목이 꽉 메이고, 숨이 막혀 왔다. 눈물이 그렁그렁한 채 잠시 단오를 바라보던 박하는 다시 시선을 돌렸다. 다른 종업원 둘이 쓰러진 동료를 일으켜 어딘가로 데려가고 있었다.

"휴니봇 주제에 감히……."

하진이 씹어뱉듯 중얼거리더니, 옷을 갈아입겠다며 휙 돌아서 방을 나가 버렸다.

음악이 다시 흘러나왔고 조명도 되살아났다. 아무 일도 없었던 것처럼 파티는 계속됐다. 숨 막히도록 달콤한 디저트 냄새와 웃음소리, 반짝이는 조명 아래서.

"언더타운 사람들 좀 바보 같아."

"그러게. 파티가 엉망이 됐네. 하진이 완전 불쌍!"

"근데 왜 갑자기 안드로이드 대신 언더타운 사람이 일하는 거지?"

아이들이 쑥덕거리는 소리가 들려왔다.

그때, 한 아이의 시선이 무심코 박하에게 와닿았다. 박하의 존재를 까맣게 잊고 있었던 듯, 아이는 흠칫 놀라더니 허둥지둥 말을 돌렸다.

"우리…… 아이스크림 먹을까?"

"그, 그러자……."

아이들은 박하의 눈치를 살피며 쭈뼛쭈뼛 뷔페 테이블 쪽으로 흩어졌다.

'아니야. 그렇지 않아. 언더타운 사람들도 너희랑 똑같아. 똑같은 사람들일 뿐이야!'

박하는 외치고 싶었지만, 목이 꽉 막혀 아무 말도 할 수 없었다. 실수로 벌어진 일이었고, 서로 조금씩 잘못이 있었다 해도 한쪽이 뺨을 맞을 정도의 잘못은 아니었다. 그런데도 어느새 모든 잘못은 종업원의 탓이 되어 있었다.

아이들은 아무 일도 없었던 듯 웃고 떠들며 춤을 추고 게임을 했다. 박하는 구석진 자리의 소파에 몸을 묻은 채, 그 모습을 멍하니 바라보았다.

화를 가라앉히고, 박하는 일어난 일을 찬찬히 되짚어 보았다. 아이들의 무례한 행동은 차치하더라도 호텔 종업원들의 반응은 뭔가 이상했다.

박하가 알고 있는 언더타운 사람들은 절대 그런 식으로 행동하지 않았다. 그들은 감정을 숨기지 못했고, 억울한 일이 생기면 화를 냈고, 부당한 대우를 받으면 항의할 줄 알았다. 어퍼타운 사람들과 조금도 다르지 않았다. 아무리 고급 호텔에서 교육을 받았다고 해도 그건 '서비스 정신'으로 설명될 수준이 아니었다.

게다가 언더타운 사람이 어퍼타운에서 일하지 않게 된 지는 10여 년이 넘었다. 박하는 자기 주변에 어퍼타운에서 일하는 언더타운 사람 이야기는 들어 본 적이 없었다. 아까 그 아이들도 '요즘 왜 다시 언더타운 사람을 고용하느냐'며 수군거렸었다.

그러다 문득 도하진이 중얼거렸던 말이 떠올랐다.

'휴니봇?'

한 번도 들어 본 적 없는 단어였다.

'로봇? 휴먼+로봇을 말하는 걸까?'

박하는 불길한 생각을 떨칠 수 없었다.

눈길을 돌려 호텔 종업원들을 다시 찬찬히 살펴보았다. 처음에는 그저 묵묵하고 성실한 사람들이라고 생각했다. 하지만 이제는 다르게 보였다. 묘하게 어색한 몸짓, 섬뜩할 만큼 무표정한 얼굴. 사람이 아니라 인형 같았다. 등골이 서늘해졌다.

"잠깐…… 나갈래?"

조용히 곁을 지키던 단오의 말에, 박하는 고개를 끄덕였다.

방 안의 공기조차 왠지 모르게 답답해서 숨이 막혀 오던 참이었다.

단오는 호텔 안쪽으로 박하를 이끌었다. 엘리베이터와 화장실이 있는 복도를 지나 작은 문을 열자, 졸졸 물 흐르는 소리가 들려왔다. 조각배 승강장이었다.

열 대가 넘는 작은 배들이 호텔 외벽의 선착장에 줄지어 정박해 있었다. 인공조명으로 물빛은 청록색으로 빛났고, 작은 물결이 일렁였다. 박하는 조심스럽게 조각배에 올라탔다. 바닥이 살짝 출렁이며 균형을 잃을 듯 흔들렸다. 당연하게도 배를 타는 건 처음이었다.

몸을 낮춰 의자에 앉자 물비린내가 코끝을 스치고, 바람은 살랑 피부를 간질였다. 방금 전까지 들끓던 파티룸의 소음은 이제 먼 이야기처럼 느껴졌다.

"출발할까?"

단오가 말하자, 배가 미끄러지듯 물길을 향해 방향을 틀었다. 단오 말로는 호텔을 한 바퀴 도는 데 15분쯤 걸릴 거라고 했다. 배의 속도에 맞추어 주변 풍경이 천천히 흘러갔다. 생각보다 호텔은 훨씬 거대했고, 수로는 끝없이 이어지는 미로처럼 이어졌다.

인공태양은 무르익은 오후 모드로 전환돼 있었다. 부드러운 황금빛이 어퍼타운 거리 위로 내려앉았다. 배 위에서 바라본 어퍼타운의 풍경은 여전히 낯설고 비현실적이었다.

'어쩌면 대재앙 이전의 도시들은 정말 이렇게 생겼던 걸까.'

빛나는 인공도시의 풍경을 바라보다, 박하는 결국 내내 머릿속을 맴돌던 질문을 입 밖으로 내뱉었다.

"저…… 휴니봇이 뭐야?"

단오가 놀란 듯 눈을 동그랗게 떴다. 마치 듣지 말아야 할 말을 들은 사람처럼, 얼굴이 순식간에 굳어졌다. 잠시 침묵이 흘렀다. 조각배는 묵묵히 물살을 가르며 나아갔다. 뱃전에 부딪히는 물소리만이 잔잔하게 찰랑거렸다.

그러다 단오가 어렵게 입을 열었다.

"바이러스에 걸린…… 인간이야."

"바……이러스?"

뜻밖의 단어에 박하의 심장이 쿵 하고 내려앉았다. 순간, 온몸이 얼어붙는 기분이었다. 지금까지 바라보던 고요하고 아름다운 풍경이 낯설게 일그러졌다.

햇빛은 여전히 도시를 부드럽게 감싸고 있었지만, 더는 따듯하게 느껴지지 않았다. 방금까지 포근했던 바람은 날카로운 칼날처럼 시리게 목덜미를 훑고 지나갔다.

9. 소문의 진실

밤새 뒤척이다가 제대로 잠들지 못한 박하는 새벽녘에 눈을 떴다. 머릿속을 떠나지 않는 건 호텔 종업원들의 표정 없는 얼굴과 뻥 뚫린 듯한 눈빛, 그리고 아이들이 무심하게 내뱉던 말들이었다. 어쩌면 에어 트램에서 들은 이야기는 사실인지도 몰랐다.

휴니봇.
단오는 그 단어가 휴먼+애니멀+로봇의 합성어라고 했다.
동물과 인간의 감정을 지우고, 명령에만 따르게 만드는 실험인 '휴니봇 프로젝트'. 전염되는 병은 아니었지만, 바이러스처럼 스며들어 뇌를 점령하고 신경을 마비시키는 나노로봇 바이러스가 원인이었다. 자신의 눈으로 그 종업원을, 아빠를 보지 않았다면 그런 것이 존재한다는 사실을 끝까지 믿지 못했을 것이다.

휴니봇의 존재를 알게 된 박하에게, 어퍼타운은 전혀 다른 세계로 느껴졌다. 이곳 사람들의 말투, 웃음, 눈빛 하나하나가 불쾌하게 낯설고, 왠지 모를 두려움을 불러일으켰다.

이 집으로 온 뒤로 윤재는 단 한 번도 박하를 가족으로 대한 적이 없었다. 눈빛은 늘 얼음장처럼 차가웠고, 나하일이 없는 자리에서는 박하를 철저히 외면했다.

'언더타운 출신이라 그런 거겠지.'

처음에는 그렇게만 생각했다. 그래서 서글펐고, 주눅이 든 것도 사실이었다. 하지만 지금은 그보단 두려움이나 분노 같은 감정이 조금씩 고개를 들고 있었다.

나하일 위원장은 그 모든 사실을 알고 있을까? 윤재는? 단오는 자세한 이야기는 아무것도 말해 주지 않았다. 곧 모든 걸 알게 될 테니, 조금만 기다려 달라고만 했다.

박하는 이곳 어퍼타운에서 자신이 누굴 믿어야 할지 생각을 더듬어 보았다. 지금으로서는 아무도 없었다. 그 사실이 박하를 더욱 외롭게 만들었다. 무엇을 믿어야 할지, 무엇을 할 수 있을지, 모든 것이 혼란스러웠다.

다음 날, 혼자 아침을 먹고 일어서려는데 단오가 기다렸다는 듯이 나타났다.
"기다릴게. 준비하고 나와."
박하는 대답 대신 고개를 끄덕였다. 오늘은 나하일의 지시로, 단오가 박하에게 어퍼타운을 구경시켜 주기로 한 날이었다.
"어서 어퍼타운 생활에 익숙해져야지. 그곳에서의 기억은 빠르게 잊을수록 좋아. 윤재 네가 책임지고 박하를 안내해 줘라."
나하일은 언더타운을 늘 '그곳'이라고 불렀다. 나하일이 부탁한 상대는 윤재였지만, 정작 윤재는 박하가 집을 나설 때까지 방에서 한 발짝도 나오지 않았다. 차라리 그편이 나았다. 윤재가 함께였다면 시작부터 불편했을 것이다.
박하는 단오와 나란히 어퍼타운 거리를 걸었다. 직선으로 이어진 트램 선로를 따라 펼쳐진 넓고 탁 트인 거리 전경이 시원하게 눈에 들어왔다. 어퍼타운 역시 큐브와 합성소재 건물들로 만들어진 거리였지만, 층층이 쌓아 올린 짐들처럼 빽빽하고 숨이 막히던 언더타운과는 모습이 전혀 달랐다.

조화롭게 배열된 높고 낮은 건물들은 인공태양 빛을 골고루 받아 내며 빛을 품은 듯이 반짝이고 있었다. 부채꼴, 피라미드, 공 모양 등 독특한 형태의 건물들 위로, 혹은 그 사이로 배달이며 감시를 맡은 수십 대의 드론이 무심히 떠다니고 있었다. 그 텅 빈 여백이 아름다웠다.

깨끗하게 정돈되어 햇살을 머금은 거리에는 곰팡이 한 점 찾아내기 힘들었다. 강렬한 햇빛을 가리기 위해 챙 넓은 모자를 쓴 사람들이 지나갔다.

"휴……."

작은 한숨이 새어 나오자 단오가 옆에서 박하를 돌아보았다.

"혹시 특별히 가고 싶은 곳 있어? 하고 싶은 일이라든가."

박하는 곧장 대답하지 못했다. 복잡한 생각들이 좁은 통로에서 꽉 정체되어 꿈쩍도 못 하는 기분이었다. 단오의 물음을 몇 번이고 곱씹다가 겨우 입을 열었다.

"……지금 어디 가는 건데?"

피곤한 기색을 애써 숨기지도 않았다.

"음, 일단 백화점에 들를 거야. 네게 필요한 게 있으면 사라고 위원장님이 말씀하셨거든. 윤 비서님이 이것저것 챙겨 두긴 했지만, 옷이나 물건이 아직 많이 부족하잖아. 네 취향도 아닐 테고."

박하는 대답하지 않았다. 잠시 대답을 기다리던 단오가 주변을 둘러보다가 말했다.

"저기, 잠깐 앉을래?"

단오가 가리킨 곳은 조그만 분수대가 있는 작은 공원이었다. 둘은 나란히 공원 벤치에 앉았다. 분수대는 졸졸 물을 뿜어내며 공원의 정적을 대신했다. 단오가 먼저 입을 열었다.

"걷기 싫으면 전차를 타도 돼. 두 정거장 정도밖에 안 돼서 걸어가도 되겠다고 생각했거든."

"……사고 싶은 거 없어. 보고 싶은 것도."

박하가 기운 없이 말하자, 단오가 고개를 돌려 관찰하듯 물끄러미 박하를 바라봤다.

"좋아할 줄 알았는데. 인간들은 다들 어퍼타운에서 살고 싶어 하잖아. 넌 아닌가 봐?"

"아니. 나도…… 그랬어. 어퍼타운에서 살고 싶었어."

"그런데 막상 와 보니까, 아닌 것 같아?"

"여긴…… 좋아. 깨끗하고 조용하고, 멋져. 그런데…… 아빠와 천둥이가 걱정돼. 몇 번이나 메시지를 보냈는데 둘 다 답장이 없어."

단오는 잠시 생각하듯 고개를 끄덕였다.

"그때 내가 만난 그 애가, 천둥이지?"

박하는 고개를 끄덕였다.

"넌 그 가족을 사랑하는구나."

"당연하지. 가족을 사랑하지 않는 사람이 어디 있겠어."

"그런가……."

"넌 가족이 없어서 모르겠지."

말을 하고 나서 박하는 속으로 뜨끔했다.

"아, 미안. 기분 나빴다면……."

단오는 고개를 저었다.

"괜찮아. 하지만 네 말은 사실이 아니야. 내게도 가족이 있었거든."

'가족이 있었다'는 과거형의 표현이었다. 윤재나 나하일 위원장은 아니라는 소리였다. 박하가 의아한 얼굴로 바라보자 단오가 말을 이었다.

"너와 천둥이 유전적으로 이어진 남매가 아니라도 가족이라면, 내게도 그런 사람들이 있었어. 생물학적인 피를 갖지 않은 나도…… 가족이라 불렀던 사람들이."

"지금은…… 어디에 있어?"

"저기."

박하의 조심스러운 질문에 단오는 말없이 손을 들어 하늘을 가리키며 말을 이었다.

"로봇도 언젠가는 폐기되지만, 인간의 수명은 훨씬 예측하기가 힘드니까."

"……너도 슬픔을 느껴? 미안, 난 로봇에 대해 아는 게 별로 없어."

단오는 잠시 말이 없다가, 낮은 목소리로 대답했다.

"그들의 삶은 내게 고스란히 학습돼 있어. 그러니까 그들은 내 일부나 마찬가지지. 슬픔이 뭔지는 몰라도 그들의 실체를 볼 수 없고, 학습할 수 없다는 사실을 인지하는 게…… 슬픔과 비슷한 감정이 아닐까 하고 생각할 때는 있어."

그렇게 말하는 단오의 표정은 평소와 조금 다르게 느껴졌다.

단오가 오래전에 만들어진 로봇이라면, 분명 윤재 이전에도 주인이 있었을 것이다. 그 주인은 단오를 특별하게 아끼고, 진짜 가족으로 대해 준 모양이었다. 예전에 금사장에게 들은 말이 떠올랐다. 곁에 있는 사람을 오래 지켜보고 학습하다 보면, 어쩌면 로봇은 그 감정까지 닮아 갈 수 있을지도 모른다고. 어떤 사람들이었을까? 박하는 조금 궁금해졌다.

"저기…… 날 언더타운으로 데려가 줄 수 있어? 금사장님은 천둥이가 잘 지낸다고 하셨지만……. 위원장님, 아니 아버지께는 사실대로 말해도 돼. 혼나도 내가 혼날게."

잠시 머뭇대던 박하가 조심스레 입을 열었다. 천둥이와 할머니의 모습을 직접 눈으로 확인할 수만 있다면 다른 건 아무래도 상관없다는 생각이 들었다.

"좋아. 그렇게 해."

단오가 망설임 없이 고개를 끄덕였다.

"……뭐?"

단오의 대답이 너무 선선해서, 박하는 조금 놀랐다. 당연히 안 된다고 할 줄 알았다. 위원장에게 허락을 받으라거나, 위험하다고 말릴 줄 알았다. 하지만 단오는 이미 알고 있었다는 듯 담담한 눈빛이었다.

"위원장님도 네가 언더타운의 가족을 만나지 못하게 하지는 않으셨던 것 같은데."

"정말?"

"혼날까 봐 걱정되면 안 하는 게 낫고."

"그럼 가자. 지금 당장!"

박하가 돌연 생기 넘치는 목소리로 외쳤다. 단오는 그 반응이 재밌다는 듯 슬며시 웃었다.

"너, 웃을 줄도 알아?"

박하가 눈을 동그랗게 뜨며 물었다.

"너야말로. 네 목소리와 표정이 순식간에 바뀌는 게 재미있어."

"사람은 원래 그래."

놀리는 건가 싶어 입술을 삐죽 내밀자, 단오가 다시 싱긋 웃어 보였다. 그 웃음이 진짜인지, 프로그램된 반응인지는 알 수 없었다. 그럼에도 박하에게는 충분히 따뜻하게 느껴졌다.

언더타운의 집 문 앞에 서자, 평생을 살던 곳인데도 이상하게 낯설었다. 고작 일주일 만에 돌아왔을 뿐인데 먼 기억 속의 장소를 찾아온 것처럼 서글픈 생각이 들었다.

'똑똑.'

미리 문자를 보내지는 않았다. 박하가 온다는 걸 알면 천둥이 또 피해 버릴지도 몰랐다.

"누구세요?"

문이 열리고 천둥이 얼굴을 내밀었다. 처음에는 단오를 보고 조금 놀란 눈치였지만, 곧 무뚝뚝한 표정으로 돌아왔다. 반가운 기색은 조금도 찾아볼 수 없었다. 잠깐 망설이던 천둥은 마지못한 몸짓으로 박하와 단오를 안으로 들였다. 방 안은 언제나처럼 텔레비전 소리로 요란했다.

박하는 다가가 할머니를 끌어안고 인사를 건넸다. 그러나 할머니는 박하를 알아보기는커녕, 텔레비전에서 조금도 눈을 떼지 않았다.

"할머니, 저예요."

박하의 말에 할머니는 아무 대답도 없이 귀찮게 굴지 말라는 듯 텔레비전을 향해 손짓을 해 보였다.

부엌 식탁에 셋이 마주 앉았다. 박하가 천둥에게 단오를 소개하자, 천둥은 한쪽 팔로 머리를 괸 채 인사도 하는 둥 마는 둥 했다. 시선은 식탁 아래에 고정돼 있었다. 한참 말이 없던 박하가 겨우 입을 열었다.

"잘 지냈어?"

천둥은 대답 대신 어깨를 한번 으쓱해 보였다.

"문자 보냈는데 왜 답장 안 했어?"

"……."

박하의 물음에도 천둥은 입을 꾹 다문 채 있었다. 어떻게든 천둥을 달래서 얘기를 들어 보고 싶었다.

"너, 어퍼타운의 놀이공원 가 보고 싶다 그랬잖아. 다음 주에…… 같이 갈래? 단오가……."

"싫어. 안 가. 이제 문자도 하지 마."

천둥이 단호하게 말을 잘랐다. 모진 말과는 달리 눈가가 이미 붉어져 있었다.

"왜 그래, 정말…… 내가 얼마나 걱정했는데……."

파리해진 천둥의 얼굴을 보자, 알 수 없는 죄책감에 숨이 막혀 왔다.

"이제 누나도 아니잖아! 나랑 아무 상관도 없는 사람이 내 걱정은 왜 해? 할머니랑 아빠 걱정도 나만 할 거야. 넌 아무것도 하지 마!"

그렇게 말하는 천둥의 눈동자에 눈물이 글썽였다. 그걸 보자 가슴 언저리가 찌릿하고 코끝이 시렸다.

"……너 정말 못됐구나."

"이제 알았어? 우린 누나 도움 없어도 괜찮아. 그러니까, 다시는 여기 오지 마!"

"……아니, 할머니는 병원에 보내 드릴 거야. 네가 날 누나로 인정하지 않아도 내 할머니고, 내 아빠니까. 너만 내 동생 하지 마, 그럼."

박하의 단호한 말에, 천둥도 더는 아무 말 하지 못했다. 잠시, 무거운 침묵이 두 사람 사이에 벽을 만들었다.

"할머니는 병원에 가셔야 해. 입원하시면 치료도 받을 수 있고, 너도 매일 찾아가서 뵐 수 있어."

할머니를 돌보는 건 천둥이 혼자 감당할 수 있는 일이 아니었다. 하지만 할머니가 없는 집에 천둥이 혼자만 덩그러니 남는 모습 역시 상상하고 싶지 않았다.

아빠는 그날 이후 단 한 번도 집으로 돌아오지 않은 게 분명했다. 열린 방문 너머로 보이는 아빠의 방은, 박하가 이 집을 떠나던 날 그대로 멈춰 있었다.

"할머니가 싫어하시는데…… 내가 뭘 어떻게 해?"

천둥의 말도 틀린 건 아니었다. 할머니를 설득하는 게 우선이었지만, 지금은 그럴 수도 없었다. 결국 단오가 윤 비서에게 부탁해 당분간은 요양보호 안드로이드가 할머니와 천둥을 돌봐 주기로 했다.

박하는 어떻게 대하면 좋을지 모를 만큼 지금 천둥의 모습이 낯설었다. 예전에도 둘이 싸우면 하루 종일 말도 안 하고 서로 눈도 마주치지 않을 때가 있었다. 그러다 다음 날 아침이 되면 언제 그랬냐는 듯 먼저 장난을 치며 깔깔거리던 아이가 천둥이었다. 이번엔 시간이 조금 더 걸리는 것뿐이라고 박하는 믿고 싶었다. 그러려면 박하가 자주 찾아오는 수밖에 없었다.

"내일도 올게."

박하가 집을 나서며 말했다. 천둥은 눈을 동그랗게 뜨고 잠깐 박하를 바라봤지만, 곧 시선을 돌렸다. 오지 말라는 말을 들은 건 아니라 박하는 조금 안심했다.

"한 곳 더 들를 데가 있어."

박하가 말하자 단오는 이번에도 그저 고개를 끄덕였다. 그런 모습이 든든하면서도, 로봇에게 위로를 받는다는 사실이 어쩐지 낯설었다.

박하에게 로봇은 어디까지나 인간이 만든 물건일 뿐이었다. 그런데 그 물건을 사람처럼 대하고, 감정을 느끼는 게 정상일까? 어퍼타운 사람들도 로봇을 쓰긴 했지만 결코 인간처럼 대하지는 않았다. 하지만 곰곰 생각해 보면, 물건을 사람처럼 대하고 애착을 갖는 건 로봇에게만 그러는 것은 아니었다.

로봇이 등장하기 전에도 인간은 인형이나 물건에 감정과 애착을 느꼈다. 로봇을 미워하고 불신하는 언더타운 사람들조차 그 점에서는 별반 다르지 않았다.

보통 남자아이와 다를 바 없는 단오의 옆모습과 맑은 갈색 눈동자는 누가 봐도 '사람' 같았다. 진짜처럼 보이는 가짜 피부 아래에 피도, 영혼도 없이 오직 기계가 움직이고 있다는 사실이 도저히 믿기지가 않았다. 게다가 '그리움'이란 감정을 확신하지도 못하면서 가족을 그리워하던 단오의 눈빛은 거짓으로 느껴지지 않았다.

번개 전파상의 미닫이문을 드르륵 열자, 금사장이 태블릿에 시선을 박고 있다가 고개를 들었다. 박하를 보고는 환하게 웃던 얼굴이, 단오를 보는 순간 차갑게 굳어졌다.

"쟤 뭐야?"

"안녕하세요, 강민지 박사님."

"박사님? 둘이 아는 사이예요?"

박하가 물었다. 박하가 아는 박사님이라고는 큐브시티를 세운 구부립 박사가 유일했다. 언더타운에서 그런 호칭을 듣는 일은 거의 없었고, 무엇보다 금사장의 이름을 듣는 것도 처음이었다.

"단오…… 오랜만이야. 20년이 다 됐는데도 여전하네. 뭐, 당연한 일이겠지만."

그렇게 말하는 금사장의 표정은 여전히 냉랭했다.

"그간 잘 지내셨어요?"

단오는 예의를 갖추듯 정중하게 물었다. 그러나 금사장은 대답하지 않았다. 대신 가게 문을 연 채로 단오를 바라보았다. 나가 달라는 의도가 명백해 보였다.

"건강해 보이셔서 다행이에요. 그럼 전 가게 앞에서 기다릴게요. 또 뵙겠습니다, 박사님."

단오는 고개를 살짝 숙이고는 말없이 가게를 나갔다. 잠깐 어색한 침묵이 흐른 뒤, 금사장은 가게 안쪽의 싱크대로 가더니 물을 벌컥벌컥 마셨다. 컵을 쥔 손이 조금 떨리고 있었다.

"단오를 어떻게 아세요?"

박하가 조심스럽게 물었다.

"다시는 볼 일이 없을 줄 알았는데……. 마지막으로 봤던 그 모습 그대로라, 적응이 안 되네. 뭐, 로봇이니 변할 일도 없겠지만."

금사장의 눈빛은 잠깐 다른 곳을 바라보는 듯, 멀고 아득했다.

"물론, 저 애 잘못은 아니야. 그냥…… 저 애를 보니까 그때가 떠올라서. ……난 원래 어퍼타운의 과학자였단다."

조금 놀랐지만 그간 수수께끼 같던 금사장의 행적을 생각해 보면 납득할 수 있었다. 금사장은 기계에 대해선 모르는 게 없어 보였다. 보통의 전파상들은 두 손 두 발 다 드는 제품도, 금사장은 뚝딱뚝딱 고쳐 냈다. 박하에게 들려준 인공지능에 대한 해박한 지식도 언더타운에만 살아서는 알기 힘든 것들이었다.

"어퍼타운 연구소에서 일하다 잘렸거든. 덕분에 어퍼타운에서는 더 이상 살 수 없게 됐지."

금사장이 담담하게 말을 이었다. 박하는 고개를 끄덕이며, 금사장의 말에 귀를 기울였다.

"널 낳아 준 어머니 말이야. 사실은…… 내 상사였어."

그 말에 심장이 덜컥 내려앉는 것 같았다. 아무 대꾸도 못 한 채 박하는 숨만 삼켰다.

"단오는 이시현 박사님, 그러니까 돌아가신 네 어머니의 조수였단다."

"단오는 돌봄 로봇으로 만들어졌다고 들었어요."

"단오를 만든 사람이 누군지 아니?"

박하가 고개를 가로젓자 금사장이 말했다.

"큐브시티를 만든 구부립 박사님이셔. 박사님이 젊은 시절에 제작한 첫 로봇이 바로 단오야. 덕분에 큐브시티에서도 특별한 대우를 받고 있지. 박사님이 가장 아끼던 제자들이 널 낳아 주신 부모님이셔. 나하일 위원장님과 이시현 박사님."

'구부립 박사님이 단오를……'

큐브시티에 살면서 그 이름을 모르는 사람은 없었다. 나노물질 KBR-29를 개발해 용암과 지진에도 무너지지 않는 도시를 설계한 과학자. 큐브시티에서는 신과 같은 지위를 가진 위대한 인물이었다.

"지금은 저와 윤재의 돌봄 로봇일 뿐이에요. 윤재는 제 쌍둥이 동생이고요."

"그래."

문득 박하는, 어퍼타운으로 가게 된 자신을 유난히 걱정하던 금사장의 얼굴이 떠올랐다. 혹시 거기에는 새로운 환경에 적응할 박하에 대한 걱정만이 전부가 아니었던 걸까?

"금사장님은…… 다시 어퍼타운으로 돌아가고 싶지 않으세요?"

뜻밖의 질문에 금사장은 애매한 표정으로 잠깐 생각에 잠기더니, 입을 열었다.

"글쎄. 언더타운의 상황을 몰랐다면 어퍼타운으로 돌아가 다시 행복하게 살 수 있을지도 모르지. 하지만 난 이미 언더타운의 현실을 알아 버렸구나."

정확하게는 몰라도 금사장이 하고 싶은 말이 무엇인지 알 것 같았다. 박하 역시 어퍼타운에서 태어나고 자랐다면, 언더타운에서의 삶을 몰랐다면 어퍼타운의 아이들처럼 생각했을 것임이 분명했다.

"지금 네 얼굴도…… 그리 행복해 보이지는 않은걸."

박하는 아무 말도 못 한 채 물끄러미 금사장을 바라보았다.

"박하 넌, 뭘 감추지 못하는 아이잖니."

그렇게 말하며 금사장이 따뜻한 눈빛으로 웃어 보였다. 그래서였을까. 갑자기 박하의 눈에 눈물이 핑 돌았다. 오래 알고 지낸 만큼 금사장은 박하의 속마음을 꿰뚫어 보고 있었다.

"천둥이도, 할머니도, 아빠도…… 너무 걱정돼요."

그 말에 금사장이 박하의 손을 잡고 가만히 토닥여 주었다.

"그리고…… 어제 있었던 일인데요."

잠시 망설이다 박하는 호텔에서의 일을 금사장에게 빠짐없이 들려주었다. 처음에는 가볍게 고개를 주억거리던 금사장의 눈빛이 천천히 굳어 가기 시작했다.

"……그게 전부 사실이니?"

박하가 말을 모두 마치자, 금사장이 믿기지 않는다는 표정으로 물었다.

"네. 단오는 휴니봇에 대해 더 이상 자세한 얘기는 안 해 줬어요. 아직은 때가 아니라면서요."

박하의 말에 금사장은 깊은 한숨을 내쉬었다.

"……내 예상보다 훨씬 빠르게 일이 진행되고 있었구나."

"그게 무슨 말씀이세요? 금사장님도 알고 계셨던 거예요?"

박하가 눈을 크게 뜨고 물었다.

"내가 연구소에서 쫓겨난 건 그 연구를 반대했기 때문이었어."

금사장이 언더타운으로 쫓겨난 건 박하가 태어나기도 전의 일이었다. 휴니봇 프로젝트가 그만큼 오래전부터 진행되어 왔다는 사실을 말해 주고 있었다.

"그 나노로봇, 그러니까 휴니봇을 인간의 몸속에 주입하면 뇌의 특정 부분을 마비시켜 감정도, 판단력도 흐려지지. 결국엔 아무 의심 없이 명령에 복종하는 인간을 만드는 거야."

"……좀비만큼이나 끔찍해요."

금사장은 고개를 끄덕이고는 말했다.

"그 좀비라는 말이 어디서 시작됐는지 아니?"

박하가 고개를 젓자, 금사장이 말을 계속했다.

"옛날에 아이티의 어느 마법사가 주술로 시체를 되살렸다고 해. 노예로 부리기 위해서였는데, 그걸 좀비라고 불렀어. 휴니봇이 주입된 인간은 어쩌면 그 마법사가 원하던 노예 그 자체라고 할 수 있지."

"하지만 제가 본 그 사람들은 시체가 아니잖아요. 어떻게 그런 짓을……!"

박하가 참지 못하고 소리쳤다. 섭씨 20도 안팎으로 나름 쾌적한 언더타운의 공기였지만, 온몸이 얼어붙는 듯 소름이 돋았다.

"어퍼타운 사람들에게 필요하니까?"

금사장이 차가운 눈빛으로 차분하게 말을 이었다.

"평범한 사람들은 화장실에 가고, 자기만의 시간이 필요하고, 배가 부르면 졸리고, 때로는 불평도 하지. 그만큼 효율은 떨어지고. 휴니봇 프로젝트의 목적은 단 하나란다. 불평하지 않고 쉴 필요도 없는, 일 잘하는 인간을 만드는 것. 오직 효율성만을 위한 기계 같은 인간."

"그럼, 저희 아빠도 혹시……?"

박하의 목소리가 떨려 왔다.

"……네 아버지는……."

금사장은 말을 잇지 못했다. 그 침묵이 모든 것을 말해 주고 있었다.

 "다른 원인을 찾기는 힘들 것 같구나, 박하야. 미안하다."

 금사장의 말에 박하의 눈에서 눈물이 뚝뚝 흘러내렸다. 이미 짐작하고 있었지만 사실을 확인받는 건 생각보다 더 절망스러웠다. 가슴께가 답답하게 조여 왔다.

 "……이제, 어떻게 해야 하죠?"

 한참 뒤에야 겨우 입을 열었다.

 "미안하지만, 이제 너도 진실을 알아야 할 것 같구나."

 금사장은 잠시 시선을 내리깔더니, 조용히 입술을 달싹였다.

 "그 끔찍한 실험을 처음 시작한 사람이…… 바로 나하일이었어."

 누군가 머릿속을 쿵쿵 망치질하는 것처럼 혼란스러웠다. 어쩌면 당연한 사실이었다. 큐브시티 위원회 최고위원장이자 미래과학연구소 소장은 다른 누구도 아닌 나하일이었다. 알고 있으면서도 아니길 바랐을 뿐이었다.

 "이시현 박사님도 알고 계셨어요?"

 박하가 조심스레 물었다. 아직 '엄마'라고 부르기에는 너무 낯설었고, 언더타운의 돌아가신 엄마에게도 어쩐지 미안했다.

금사장은 고개를 저었다.

"아니. 이시현 박사님은 실험의 실체를 모르셨어. 팀장님을 포함한 다른 연구자들은 휴니봇이 질병 치료를 위한 기술이라고 철석같이 믿고 있었지. 기술이 악용될 수 있다며 내가 격렬하게 반대했을 때도 다들 그럴 일은 없을 거라고 날 설득하려 했거든."

박하는 입술을 깨물었다. 결국 금사장의 우려는 현실이 되고 말았다. 긴 실험을 거쳐 휴니봇 인간은 일상에 적용되려 하고 있었다.

금사장은 잠시 말을 멈췄다가 다시 이어 갔다.

"이곳으로 온 뒤에도 난 그 프로젝트가 어떻게 진행 중인지 계속 쫓고 있었어. 내가 얻은 정보로는 가족이 없는 범죄자 극소수만을 대상을 삼는다고 들었거든. 하지만 네 아버지는 거기 속하는 사람이 아니라 나도 긴가민가하고 있었단다."

박하는 처음 느껴 보는 분노에 몸이 떨려 왔다. 가족이 없는 사람, 아무리 범죄자라고 해도 그들도 인간이었다. 게다가 아빠는 거기 해당하는 사람도 아니었는데 어쩌다 실험 대상이 된 걸까. 믿고 싶지 않았다. 믿을 수 없었다. 하지만 그 모든 걸 부정하기에 아빠의 증상은 확연해 보였다. 실수였을까?

박하는 떨리는 몸을 추스르며 힘겹게 자리에서 일어났다. 생각을 정리할 시간이 필요했다. 전파상 문을 나서기 전 금사장이 조심스럽게 박하에게 속삭였다.

"어쨌든 조심하렴. 혹시 무슨 일 있으면 연락하고. 문자나 통화는 감시당할 수도 있으니까, 직접 찾아오는 게 안전할 것 같구나. ……그리고, 단오를 너무 믿지 마."

10. 메모리 볼

　서재 창문에는 살구색의 얇은 커튼이 드리워져 있었다. 박하는 방에 들어서자마자 재빨리 커튼부터 닫았다. 창문 가까이에는 책상과 소파가 나란히 놓여 있고, 한쪽 벽을 가득 메운 책장에는 큐브시티 이전에 인쇄되었을 오래된 책들이 가득했다.
　나무가 귀한 큐브시티에서 종이책은 아무나 가질 수 있는 물건이 아니었다. 나무 책장에 가득한 책만으로도, 방 안은 큐브시대 이전으로 타임슬립한 것 같은 착각을 일으켰다.
　박하는 먼저 책상 서랍을 하나하나 열어 보았다. 잡동사니가 몇 개 들었을 뿐 눈에 띄는 물건은 없었다. 침이 멎은 손목시계와 필기도구, 낡은 음악 재생장치 같은 것이 뒤죽박죽 담겨 있을 뿐이었다.

방은 집주인들이 자주 드나드는 곳으로 보이지는 않았다. 박하는 이곳저곳을 뒤지면서도 정작 자신이 뭘 찾고 있는지는 짐작도 못 했다. 서랍을 다 확인하고 나니, 남은 건 책장에 가득 꽂힌 책들과 책상 위 컴퓨터였다.

박하는 조심스럽게 컴퓨터 앞에 앉아 전원 버튼을 눌렀다.

- 얼굴과 홍채 인식을 시작하시겠습니까?

컴퓨터 화면에서 인공지능 큐브릭의 목소리가 흘러나오자, 박하는 소스라치게 놀라 재빨리 전원 버튼을 눌렀다. 큐브시티의 모든 컴퓨터는 중앙 통제 시스템인 큐브릭과 연결돼 있었다. 누군가 무단으로 컴퓨터에 접근하려 한다는 정보가 나하일에게도 전달될지 몰랐다.

박하는 잠시 얼어붙은 채 놀란 가슴을 진정시켰다. 초조한 심정으로 소파에 걸터앉아 있던 박하의 시야에 다시 책장이 들어왔다. 큐브시티에서 책은 부르는 게 값일 만큼 사치재였다. 살아 있는 나무 한 그루 보기 힘든 곳에서 그 나무를 갈아 만들었다면 당연한 현상이었다.

큐브시티로 이주할 당시, 사람들이 가져올 수 있는 물건은 부피나 무게로 제한되었다. 이주민들에게는 무거운 책보다 음식과 생필품이 시급했고, 그 선택은 책을 점점 희귀한 물건으로 만들었다. 시간이 흐르며 지구 시대의 종이책은 구경조차 하기 힘든 보물이 되었다.

물론 어퍼타운 중앙도서관에는 구시대 책 수십만 권이 옮겨졌다는 소문도 있었지만, 여기는 공공기관이 아니라 개인의 서재였다. 박하는 책등이 바래고 해어진 책들을 천천히 훑었다.

그때였다.

책장 맨 아래 칸, 어두운 구석에 이질적인 형체가 눈에 띄었다. 얼핏 책처럼 보였지만 가까이 다가가 보니 책머리의 질감이 달랐다. 바랜 종이의 질감이 아니라, 매끈하고 단단했다. 쪼그려 앉아 조심스레 그것을 꺼내려는 순간.

'벌컥!'

누군가 문을 열었다.

"뭐야, 너!"

윤재였다.

"그냥…… 구경했어."

박하는 당황한 기색을 애써 감추며 대답했다. 따지고 보면 눈치 볼 이유가 없었다. 박하가 드나들지 못할 만한 공간이 아니었다.

"커튼까지 꽁꽁 닫아 놓고?"

윤재가 눈을 가늘게 뜨고 박하를 노려보았다. 평소와 달리 닫혀 있는 게 수상했나 보다. 박하는 얼른 손에 든 물건을 책장 아래 칸에 슬쩍 밀어 넣었다. 최대한 자연스럽게. 그러고는 천천히 일어나며 말했다.

"언더타운에서는 이런 서재를 본 적이 없으니까. 좀 보면 안 돼?"

두근거리는 심장 박동을 가라앉히며 조금은 뻔뻔하게 대꾸했다.

"그렇다고 커튼까지 치냐고!"

윤재가 씩씩대며 박하 쪽으로 다가왔다. 순간 박하가 몸을 움찔하자, 윤재는 박하를 지나쳐 곧장 창 쪽으로 향했다. 제발 자신이 방금 내려놓은 물건에 윤재가 관심을 갖지 않기를, 박하는 간절히 바랐다.

"너, 무슨 꿍꿍이야?"

못마땅한 어투로 중얼거리며 윤재는 커튼을 확 열어젖혔다. 부드러운 조도의 인공태양 빛이 다시 방 안 가득 밀려들었다.

"난 그만 가 볼게."

박하는 최대한 아무렇지 않은 척 말하고 문 쪽으로 걸어갔다. 그런데 뒤가 조용했다. 따라오는 발소리가 들리지 않았다. 불길한 예감에 뒤를 돌아보자, 윤재가 책장 아래 칸으로 손을 뻗고 있었다.

"뭐 하는 거야?"

박하의 날카로운 외침에도 놀라는 기색 없이, 윤재는 천천히 몸을 일으키며 손에 든 것을 살펴보았다.

"이게 뭐야?"

의아힌 눈빛이었다.

"너도 처음 보는 거야?"

아무 대답이 없자 박하는 물건을 낚아채려 손을 뻗었지만, 윤재가 재빨리 몸을 돌리며 한발 비켰다. 그러고는 물건을 유심히 살펴보았다. 책처럼 인쇄된 종이 커버를 두르고 있었지만, 자세히 보니 플라스틱으로 만든 보관함이었다.

"……너도 궁금한가 봐?"

윤재가 의미심장한 미소를 띠며 박하에게 물었다. 박하에게서 아무 반응이 없자, 다시 보관함으로 눈을 돌리며 소파에 앉았다. 박하도 자포자기한 심정으로 윤재 옆에 나란히 앉았다.

윤재는 상자를 탁자 위에 내려놓고 조심스럽게 뚜껑을 열었다. 안에는 오래된 쪽지들, 빛이 바랜 사진들, 손으로 그린 듯한 그림, 낡은 인형 열쇠고리 따위가 뒤죽박죽 담겨 있었다.

"……어머니 거야."

잠깐 조용하던 윤재가 쓸쓸한 눈빛으로 중얼거렸다. 그의 손이 상자 안을 천천히 뒤적이다가 유리알이 박힌 작은 반지를 집어 들었다.

"메모리 볼이야."

가만히 지켜보던 박하가 중얼거렸다. 지름이 1센티미터도 안 되는 작은 유리알 안에는 엄마 품에 안긴 귀여운 토끼 그림이 전자잉크로 새겨져 있었다. 한때 반지 형태의 메모리 볼이 유행해서, 지금도 어른들 중에는 이런 반지를 끼는 사람이 드물지 않았다.

"사진첩 같은 거 아닐까?"

박하의 말에 넋을 잃고 반지를 들여다보던 윤재가 굳은 얼굴로 돌아와서 물었다.

"누가 보여 준대?"

"뭐? 내가 먼저 찾아냈어. 당연히 내게도 권리가 있다고 생각해."

"내 어머니 물건이야."

"잊었나 본데, 우린 쌍둥이야. 넌 인정하기 싫겠지만."

그 말에 윤재가 할 말을 잃고 박하를 노려봤다. 하지만 박하도 이번에는 시선을 피하지 않았다. 계속 물러서기만 하면 윤재는 평생 박하를 그림자 취급할지도 몰랐다. 언제까지나 죄인처럼 굴면서 불편한 관계로 남고 싶지는 않았다. 당장 갈등이 생기더라도 맞서야 할 때가 있다면 지금이라는 생각이 들었다.

"난 인정 못 해."

윤재의 말에 박하도 지지 않고 맞받아쳤다.

"그건 나도 마찬가지야."

"뭐?"

윤재가 눈을 치켜떴다. 박하가 망설임 없이 말을 이었다.

"그래서 확인해 보려는 거야. 내가 정말 너와 쌍둥이가 맞는지."

뜻밖의 말에 윤재의 눈동자가 순간 흔들렸다.

"그게…… 무슨 소리야?"

"말 그대로야. 너 역시 내가 의심스럽다면, 우리는 목표가 같아."

박하의 차분한 말투에 윤재가 더 격앙되었다.

"우리 아버지가 거짓말을 한다고 생각하는 거야?"

"모르겠어. 하지만 어쨌든 내 눈으로 확인하고 싶어."

"왜? 왜 우리 아버지가 그런 거짓말을 하시는 건데? 게다가 그게 진실이든 아니든 넌 어퍼타운에 온 것만으로도 감지덕지해야 하는 거 아냐?"

윤재가 어이없다는 표정으로 퍼부어 댔다. 박하는 잠시 침묵하다 한숨을 내쉬었다.

"너 웃긴다. 아버지를 그렇게 철석같이 믿으면서 내가 남매라는 사실만은 못 믿겠다는 거잖아?"

말문이 막힌 윤재를 향해 한숨을 내쉬고는 박하가 다시 입을 열었다.

"말해 줄게. 대신 확실해질 때까지 아버지께는 비밀로 해 줘.

안 그러면 영영 확인도 못 한 채, 난 네 누나로 살아야 할 테니까. 그건 너도 싫지?"

박하가 윤재를 똑바로 바라보며 말했다. 마지못한 듯 윤재가 고개를 끄덕였다.

"너, 휴니봇이 뭔지 알아?"

"휴니봇? 아니, 처음 듣는 단어야."

윤재가 미간을 찡그리며 대답했다.

"도하진은 아는데 넌 모른다고?"

"도하진? 어쨌든 난 처음 듣는 단어야."

윤재가 부루퉁한 얼굴로 대답했다.

"생일파티 때 도하진이 자기랑 부딪힌 종업원에게 '휴니봇'이라고 했어. 다들 모르는 걸 도하진은 어떻게 아는 거지?"

"그야, 나도 모르지."

박하는 도하진에게서 '휴니봇'에 대해 듣게 된 경위를 차근차근 털어놓았다. 그리고 아빠와 호텔 종업원이 어떤 식으로 이상해 보였는지도.

"……그러니까 네 말은 우리 아버지가 실수로 너희 아버지를 휴니봇으로 만든 바람에, 널 잃어버린 우리 누나인 척해서 입

막음하려는 건지도 모른다는 거야?"

박하는 고개를 끄덕였다. 금사장에게도 말하지 않았지만, 어쩌면 그럴지도 모른다고 생각하던 참이었다. 자신이 정말로 윤재와 함께 태어난 쌍둥이가 맞는지, 그 사실을 증명해 줄 사람은 세상에 나하일뿐이었다.

"말이 안 되는 얘기인 거 알아. 하지만…… 그래서 더 확인하고 싶어. 우리 아빠가 왜 그렇게 된 건지, 왜 아무도 그 얘기를 해 주지 않는 건지."

윤재는 입을 굳게 다문 채, 한참 동안 말이 없었다. 다시 박하가 물었다.

"어머니가 누나를 데리고 사라진 건 사실이야?"

"그건…… 나도 정확히는 몰라. 어머니가 쌍둥이 중 한 명을 데리고 집을 나갔다는 거, 그게 전부야. 아버지는 그 얘기만 꺼내면 화를 내셨으니까……."

윤재도 자신 없는 말투였다. 박하의 의심이 지나친 것인지도 몰랐다. 하지만 곧이곧대로 받아들이기에는 미심쩍은 구석이 있었다.

"단오는 뭔가 알고 있지 않을까?"

윤재의 말에 박하는 고개를 저었다.

"그랬다면 네게 먼저 말했겠지. 그보다 도하진은 어디서 그런 단어를 들은 걸까?"

잠깐 생각하더니 윤재가 대답했다.

"어쩌면…… 걔 부모님도 미래과학연구소에 다녀. 두 분 다 연구원이거든."

박하는 고개를 끄덕였다. 도하진은 우연히 부모님의 대화를 엿들었을지도 몰랐다.

"하지만 아버지가 그런 연구를 지시하셨을 리 없어. 실험이 어디서 잘못된 거라면 몰라도."

윤재가 자신 없이 중얼거렸다. 하지만 큐브시티 최고위원장이자 연구소 소장이 중요한 실험에 대해 몰랐을 리 없었다. 박하는 애써 대꾸하지는 않았지만, 윤재도 모르지 않을 터였다. 그저 믿고 싶지 않은 것뿐.

"이제…… 같이 봐도 되지?"

박하의 시선이 다시 메모리 볼로 향했다. 윤재는 복잡한 표정으로 잠시 박하를 바라보다가, 고개를 끄덕였다.

"좋아. 잠깐만 기다려."

윤재는 버블을 띄워 단오를 호출했다. 잠시 뒤 방문을 연 단오는 박하와 윤재가 나란히 앉은 모습에 짧은 순간 머뭇거리다 방으로 들어왔다.

"이거 확인하고 싶어."

윤재가 메모리 볼 반지를 건네자 단오는 자연스럽게 반지를 왼손가락에 꼈다. 그러고는 오른손바닥을 펼쳐 벽 쪽을 향하게 했다. 손바닥에서 순도 높은 빛이 뿜어져 나왔다. 흰 벽에 작은 별무늬들이 떠오르더니, 곧 여러 장의 사진이 일렁이며 떠올랐다. 박하의 예상처럼 사진 앨범이었다.

"가장 오래된 순으로 정렬해서 섬네일을 보여 줘."

윤재의 말에 화면이 순식간에 바뀌었다. 첫 번째 폴더에는 큐브시티가 한창 공사 중이던 시절의 사진이 펼쳐졌다. 지구가 아직 물에 잠기기 전 거대한 큐브들이 하나둘 지면에 자리를 잡고, 몇몇 사람들이 그 모습을 심각한 얼굴로 지켜보고 있었다. 60년도 더 된 사진들. 그중에는 교과서에서 본 유명한 장면들도 있었다.

"엄마다!"

윤재가 소리쳤다. 섬네일 목록을 쭉 내려 보자, 한 가족의 사진이 계속 이어졌다. 가족의 유일한 딸은 사진 속에서 조금씩 나이를 먹고 자라났다.

"역시…… 엄마 물건이었어."

윤재의 목소리가 조금 떨리고 있었다. 윤재만큼은 아닐지라도 박하 역시 가슴이 두근거렸다. 얼굴조차 본 적 없는 엄마의 모습이니 당연했다.

"단오야, 엄마가 나온 사진만 모아 줘."

단오가 고개를 끄덕이자, 섬네일의 수가 급격하게 줄어들며 다시 정리됐다. 이시현 박사의 얼굴이 들어간 사진이 한 장 한 장 빠른 속도로 슬라이드 되기 시작했다.

"잠깐만."

윤재가 다급하게 외치며 슬라이드를 멈추었다. 박하도 어리둥절한 눈빛으로 사진을 들여다봤다. 사진 속에서 십 대로 보이는 시현은 또래의 여자아이와 아이스크림을 나눠 먹고 있었다. 두 사람은 환한 햇살 아래, 아무 걱정 없이 웃고 있었다.

"내 눈에만 그래? ……저 애, 너 닮았어."

윤재가 조심스레 말했다. 박하도 말없이 고개를 끄덕였다. 익숙한 분위기, 낯익은 표정. 난생처음 느끼는 낯선 감정이 밀려

들었다.

"저 애 사진 더 없어?"

윤재의 물음에 단오가 고개를 저었다.

"저 한 장뿐이야."

"그럼 촬영 정보를 보여 줘."

윤재가 숨을 삼키며 말했다.

단오가 정보 창을 열자, 촬영된 날짜와 함께 세세한 관련 정보가 떠올랐다. 그중 하나의 데이터에 박하의 시선이 머물렀다. 윤재 역시 마찬가지인 듯했다.

    촬영기기: 단오 DO-03352

"이 사진…… 네가 찍은 거야?"

윤재의 물음에 단오가 고개를 끄덕였다.

"맞아."

"그럼, 저 아이는 누구야?"

윤재가 다시 묻자, 잠시 뜸을 들이던 단오가 대답했다.

"구은설. 구부립 박사님의 딸이었어."

"이 사람…… 지금 어디 있어?"

박하의 물음에 단오는 담담하게 대답했다.

"죽었어. 이 사진을 찍고 며칠 뒤에."

11. 북국의 숲

캄캄한 방 안에서 박하는 침대에 앉아 가만히 창밖을 내다보았다. 천장에서 흘러내리는 흐릿한 조명이 어퍼타운의 인공 정원을 부드럽게 비추고 있었다. 꼭대기 층이라 머리 위로 쪽달과 별빛이 더 가까이서 반짝였다. 물론 모두 홀로그램이었다. 인공인 걸 알지만 없는 것보단 나았다. 빛은 마음을 편하게 해 주는 따스한 힘이 있었다.

구은설이란 아이의 사진이 내내 머릿속을 떠나지 않았다. 윤재에게는 말하지 않았지만, 사진 속 얼굴이 자신과 너무도 닮아 있어 소름이 돋을 정도였다. 살아 있었다면 쉰 살쯤 되었을 사람. 세상에 닮은 얼굴은 많다고 애써 변명해 보았지만, 찜찜

함은 사그라들지 않았다.

　단오에게 좀 더 캐묻고 싶었지만 나하일이 예상보다 일찍 돌아오는 바람에 대화를 이어 갈 수 없었다. 다행히 윤재는 아무 말도 하지 않고 약속을 지켜 주었다. 좀 더 두고 봐야 하겠지만.

　그때, 손목에서 보랏빛 버블이 둥실 떠올랐다. 메시지였다. 조심스럽게 방문을 열자, 어둠 속에 단오가 서 있었다. 고요하게 빛나는 눈동자가 조금 슬퍼 보였다.

　잠시 뒤, 박하는 단오의 등을 보며 걷고 있었다. 단오는 구석진 샛길만을 골라 조심스럽게 발걸음을 옮겼다. 거리 곳곳에 설치된 감시카메라를 피하려는 듯, 가로등조차 없는 어두운 길을 망설임 없이 걸었다. 박하를 위해 속도를 조금 늦추는 듯했지만, 단오의 걸음은 여전히 침착하고 거침없었다. 그렇게 얼마간 걷던 중, 단오가 갑자기 걸음을 멈췄다. 박하도 그 뒤에 바짝 멈춰 섰다.

　'뭐지?'

　의아해하던 찰나, 단오가 고개를 돌리지도 않고 말했다.

"나윤재, 거기 있는 거 알아."

박하가 천천히 뒤를 돌아보자, 어둠 속에서 무언가 꾸물거리는 실루엣이 보였다. 윤재였다. 들킨 것이 민망한 듯 윤재가 어깨를 잔뜩 움츠린 채 다가오며 중얼거렸다.

"잠이 안 와서 깨어 있는데…… 둘이 도둑처럼 살금살금 나가잖아. 나만 쏙 빼놓고 어딜 가나 싶어서……."

단오의 얼굴에 큰 표정 변화는 없었지만, 박하의 눈에는 '어쩔 수 없군' 하는 눈빛으로 보였다.

"조심해서 따라와."

나지막하게 말하고 단오는 다시 어둠 속으로 걸음을 옮겼다. 박하는 윤재와 잠깐 눈을 마주친 뒤 다시 몸을 돌려 걷기 시작했다. 갈 곳이 있다는 단오의 말에 무작정 따라나선 참이었다. 걸어가는 동안 설명해 줄 줄 알았지만 단오는 내내 앞만 보고 걸었다. 어쩌면 구은설에 대해 얘기해 줄 것이 있지 않을까, 막연하게 기대할 따름이었다.

"큐브시티에는 수많은 통로가 있어. 그중에는 너무 오래돼서 잊힌 길들도 많아."

단오가 한 건물 뒤편에서 걸음을 멈추고 말했다. 큰길에서는 한참을 들어와야 하는 곳이었다. '관계자 외 출입 금지' 팻말이 붙은 낡고 녹슨 출입문 앞에서, 단오는 익숙한 손놀림으로 비밀번호를 눌렀다.

"큐브릭이 모르는 길도 있어?"

윤재의 말에 단오가 대답했다.

"큐브릭이 모든 걸 통제하는 건 아니야. '달걀을 한 바구니에 담지 말라'는 말, 들어봤지? 안전을 위해 꽤 많은 기능을 수동으로 제어할 수 있도록 설계했지. 물론 지금은 그걸 기억하는 사람이 거의 없지만."

"넌 다 알고 있어?"

박하가 무심코 물었다.

"거의 다. 난 큐브시티가 처음 생길 때부터 이곳에 있었으니까."

새삼 단오가 얼마나 오래된 로봇인지가 실감 났다. 큐브시티가 들어서기도 전에 만들어졌다는 건 지구가 대재앙에 휩쓸리는 모습까지 거의 모든 역사를 지켜봐 왔음을 뜻했다. 고작 십 대 정도로 보이는 모습 이면에, 60년이 넘는 시간의 기억을 담고 있는 셈이었다.

여닫이문을 열고 들어서자 어두운 공간에 센서 등이 하나둘 켜졌다. 미세한 먼지들이 흐릿한 빛 속에서 부유했다. 그 안에 먼지 앉은 구형 트램 한 대가 잠들어 있었다.

"엄청 오래된 트램 같은데……."

윤재가 감탄 섞인 목소리로 말했다. 단오는 말없이 바닥의 작은 패널을 열고 낡은 전원 케이블을 찾아 연결했다. 딸깍, 하는 소리와 함께 기계 장치 안쪽에서 희미한 진동음이 울렸다. 외관은 낡아 보여도 여전히 살아 있는 기계였다.

"대재앙 이전에 만들어졌어. 큐브시티가 막 세워지기 시작했을 때."

단오의 말에 박하도 슬슬 걱정이 밀려왔다.

'이게 움직이기는 할까? 단오는 어디로 가려는 걸까?'

운전석 계기판은 알파벳과 숫자가 조합된 몇 개의 버튼이 전부였다. 단오가 버튼 몇 개를 누르자, 트램은 덜컹거리는 소리와 함께 움직이기 시작했다. 박하와 윤재는 먼지 쌓인 승객용 좌석에 조심스럽게 걸터앉았다.

트램은 지금의 에어 트램처럼 수직으로만 운행하는 것이 아니었다. 비탈길을 오르다가 수평으로 미끄러지듯 움직이기도

하고, 다시 곧게 떠오르기도 했다. 덕분에 어디로 향하는 건지 방향을 가늠하기가 힘들었다. 트램 전조등이 어둠 속 레일을 아슬아슬하게 비췄다. 그렇게 느릿느릿 10여 분쯤 갔을까?

'쿠궁.'

트램이 멈추며 문이 열렸다. 플랫폼을 빠져나오자 눈앞에 드높은 천장이 나타났다. 거대한 아치형으로 솟은 천장이었다.

다른 구역들과는 달리 이곳에는 인공 별빛도, 달빛도 없었다. 시야가 어둠에 익숙해지기까지 조금 시간이 걸렸다. 박하는 지금 자신이 어디에 있는지 감조차 잡을 수 없었다.

"테라리움?"

윤재가 고개를 젖혀 한참 올려다보더니 먼저 입을 열었다.

"맞아."

단오가 고개를 끄덕였다. 그제야 박하의 눈에도 유리천장 너머로 퍼지는 흐릿한 빛무리가 들어왔다. 강물처럼 흐르며 반짝이는 빛의 물결이 조금씩 시야를 가득 메웠다.

"아……."

박하의 입에서 저절로 탄성이 흘러나왔다. 태어나서 처음으로 바라보는 진짜 밤하늘이었다. 머리 위로 쏟아지는 별빛에 숨이 멎는 기분이었다.

 큐브시티 가장 꼭대기 층, 테라리움에는 인간이 아닌 수많은 식물과 동물들이 별빛 반짝이는 우주 아래서 살아가고 있었다. 큐브시티의 외벽은 모두 정육면체의 큐브 구조물로 둘러싸여 있지만, 테라리움의 천장만은 유일하게 삼각형 유리를 퍼즐처럼 끼워 맞춘 지오데식 거대한 유리 터널로 덮여 있었다.

 "시간이 별로 없어."

 단오의 말에 다시 현실로 돌아온 박하는 여전히 밤하늘에서 눈을 떼지 못한 채 고개를 끄덕였다. 좁은 통로를 빠져나오자 어슴푸레한 조명이 깔린 긴 복도가 이어졌다. 세 사람은 테라리움 관리자들이 사용하는 전동 카트에 올라탔다. 카트가 미끄러지듯 움직이며 고요한 복도를 지나자, 양옆 벽면에 크고 작은 문들이 줄지어 있었다.

 "'한반도의 사계'……?"

 박하가 불이 켜진 팻말을 읽었다. 큐브시티가 건설된 지역의 자연환경을 옮겨 놓은 구역이었다.

 "늦봄이라 지금쯤이면 경치가 환상적이겠어."

 윤재가 익숙하다는 듯 말했다. 박하도 어렴풋이 다큐멘터리로 본 장면들이 떠올랐다. 벚꽃이 흐드러지게 핀 산책로, 초록으로 풍성한 계곡, 나비처럼 흩날리는 꽃잎들. 당장이라도 뛰어들고 싶은 풍경이었다.

위험하거나 민감한 동물들은 별도로 관리되고, 개체 수 조절이 쉬운 곤충과 조류는 자연 속에 방사되어 생태계를 유지한다고 들었다.

"넌 직접 가 본 적 있어?"

박하가 조금은 질투 어린 눈빛으로 물었다.

"응, 몇 번. 통행증만 있으면 누구든 입장할 수 있어."

윤재의 '누구든'이라는 말이 조금 거슬렸다. 이곳은 결코 '누구나' 올 수 있는 곳이 아니었다. 적어도 언더타운 사람들에게는.

"위원장님과 함께?"

박하의 질문에 윤재는 입술을 삐죽거리다가 고개를 저었다.

"아니, 늘 단오랑 왔었어."

"그렇구나."

윤재는 아버지와 보내는 시간이 그리 많지 않았던 모양이었다. 큐브시티 최고위원장이란 자리는 눈코 뜰 새 없이 바쁠 테니 당연한 일인지도 몰랐다. 윤재가 자기 아버지보다 로봇과 더 많은 시간을 보냈을 거라는 생각이 들자, 박하는 왠지 모르게 안쓰러운 마음이 들었다.

"다 왔어."

한반도의 사계 구역을 지나 한참을 더 달려 도착한 곳은 '북국의 숲' 앞이었다. 입구 구석 자리 도구함 옆에는 작업자용 외투 몇 벌이 걸려 있었다. 푹신한 재질이 잔뜩 들어간, 지금 시대에는 보기 드문 괴상한 복장이었다. 계절이 존재하지 않는 큐브시티에서는 평소에 입을 일이 거의 없는 옷이었다.

"가벼워……."

박하는 거대해서 무거울 줄로만 알았던 외투가 의외로 가볍다는 사실에 놀랐다.

"예전에는 오리나 거위 깃털을 넣어서 이런 옷을 만들었어. 혹독한 추위를 피하기 위해서였지. 물론 지금은 그럴 필요가 없어. 인공 솜이 훨씬 따뜻하고 가벼우니까."

이번에도 윤재가 설명해 주었다. 문을 열고 구역 안으로 들어서자, 머리 위로 무언가가 포슬포슬 떨어지고 있었다.

"눈이야!"

윤재가 손바닥을 펼쳐 눈송이를 받으며 말했다. 박하가 천장을 올려다보자 수천수만 개의 눈송이들이 어지럽게 쏟아져 내리고 있었다.

현기증이 날 것 같아서 박하는 고개를 내렸다. 북국의 숲은 겨울 한복판이었다. 눈을 맞는 것도, 눈을 보는 것도, 눈길을 걷는 것도 박하에게는 전부 낯설기만 했다.

"조금만 가면 돼."

단오가 도구함에서 꺼낸 등불을 들고 앞장섰다. 박하나 윤재와 달리 외투를 입지 않은 단오의 어깨에도 금세 눈이 소복이 쌓였다. 잎이 뾰족한 나무 위로도 흰 눈이 무겁게 내려앉아 있었다. 태어나 처음 겪는 추위에 박하는 얼굴이 얼어붙다 못해 터질 것 같은 두려움이 몰려왔다.

그때, 숲속에서 부스럭거리는 소리와 함께 무언가가 휙 튀어올랐다.

"꺄악!"

박하와 윤재가 동시에 소리 지르며 단오 뒤로 몸을 숨겼다.

"괜찮아. 북극토끼야."

단오가 별것 아니라는 듯 덤덤하게 말했다. 하얀 눈에 묻혀 있던 작은 토끼 한 마리가 폴짝폴짝 눈 위를 달려 어딘가로 사라졌다.

"너도 토끼는 처음 보나 봐?"

박하가 묻자, 윤재가 멋쩍게 변명하듯이 말했다.

"우리에 갇힌 건 본 적 있어. 그냥 갑자기 튀어나오니까 놀란 거지."

큐브시티에서는 동물 사육이 금지돼 있었다. 인간에게 돌아갈 자원도 부족한 마당에 반려동물에게 쓸 여유는 더더욱 없었다. 하지만 어퍼타운은 예외인 모양이었다. 지난 파티에서 아이들이 새나 곤충 같은 반려동물 이야기를 자랑하듯 늘어놓던 모습을 박하는 기억해 냈다.

10분 정도 눈길을 걷다 보니, 커다란 나무 옆에 우뚝 선 바위 하나가 눈에 들어왔다.

"여기야."

단오가 말했다. 바위 뒤편으로 돌아가자 단오가 바위와 큐브 벽이 맞닿은 틈새에 쌓인 눈을 손으로 쓸어내렸다. 그러자 작은 문이 나타났다. 그 안은 바위로 위장한 널찍한 공간이었다.

단오가 조명을 켜고 벽난로에도 불을 지폈다. 진짜 불은 아니었지만 금세 방 안에 온기가 돌면서 몸이 따뜻해졌다. 박하와 윤재는 두툼한 외투를 벗어 소파 팔걸이에 걸쳐 두고 내부를 둘러보았다.

"여긴 뭐야?"

윤재의 물음에 단오가 대답했다.

"구부립 박사님의 오두막이었어. 말하자면 비밀 아지트 같은 곳이지."

창문 하나 없는 동굴 같은 공간이었지만, 벽면에 설치된 여러 개의 스크린이 외부 풍경을 실시간으로 보여 주고 있었다. 그중 몇몇 화면은 적외선 촬영 영상으로 바깥의 상황을 낱낱이 확인할 수 있었다.

"지금까지 너 혼자서 계속 관리한 거야?"

박하가 이글거리는 벽난로 앞에 얼어붙은 손을 내민 채 조심스럽게 물었다.

"응. 자주 오진 못해도, 한밤중에 가끔 와서 청소하는 정도."

그 말에 박하가 고개를 끄덕였다. 단오가 잠을 자지 않아도 살 수 있는 로봇이라는 사실을 새삼 확인하는 기분이었다.

잠깐 고요한 시간 흐른 뒤 모닥불을 가만히 바라보던 단오가 입을 열었다.

"······갓 태어난 널, 언더타운으로 데려간 건 나였어."

12. 큐브시티의 열쇠

"뭐?"

모닥불 빛에 박하의 표정이 혼란스럽게 일그러졌다.

"정확히 말하면, 이시현 박사님의 부탁을 받고 내가 도운 거였지만."

"……그럼, 우리 엄마는? 어떻게 된 건지 넌, 알고 있었던 거야?"

놀란 건 박하뿐만이 아니었다. 오히려 윤재가 더 충격받은 얼굴로 다그치듯이 물었다. 돌봄 로봇으로 오랜 시간 함께 지내면서 단 한 번도 그런 이야기를 꺼낸 적이 없었던 모양이었다.

박하는 천천히 벽난로 앞에서 물러나 의자에 털썩 주저앉았다. 온몸이 금방이라도 무너질 것 같았다.

"우리 엄마 지금 어디 있어!"

윤재가 울먹이듯이 목소리를 높였다.

"이시현 박사님은…… 말 그대로 사라지셨어."

"……뭐?"

"박하 널 그 집 앞에 데려간 날이 내가 이시현 박사님을 뵌 마지막 날이었어. 어디로 간다는 말씀은 하지 않으셨고, 여쭤볼 수도 없었어. 그 뒤로 나도 박사님을 찾으려고 애써 봤지만 실패했어."

"어떻게 그래? 버블 코어만 있으면 위치 추적은 금방이잖아."

윤재의 말에 단오가 고개를 저었다.

"버블 코어를 위조하는 건 생각보다 간단해. 아마 꽤 오래전부터 준비해 오신 것 같아."

"그럼 우리가 정말 쌍둥이라는 거야?"

박하의 물음에 단오가 의미심장한 눈빛으로 돌아봤다.

"그걸 설명하려면, 먼저 알아야 할 게 있어."

그렇게 말하며 단오는 벽난로 위에 설치된 작은 홀로그램 재생기의 버튼을 눌렀다. 잠시 뒤, 푸른빛이 번지며 늙고 지쳐 보이는 한 남자의 상반신이 허공에 떠올랐다. 구부립 박사였다. 눈 밑은 깊이 꺼져 있었고 얼굴에는 세월의 무게와 함께 슬픔이 짙게 드리워져 보였다.

자신의 딸 구은설에게 남긴 영상 편지였다. 30여 년 전 큐브시티에 정체불명의 전염병이 퍼졌고, 구은설은 그때 병에 걸려 세상을 떠났다. 이후 박사는 철저히 연구에 몰입했다. 그 결과, 지구가 회복되기 시작하면 큐브시티는 반드시 해체되어야 한다는 신념을 갖게 되었다. 영상 말미에 박사는 충격적인 말을 남기고 있었다. 그의 목소리도 희미하게 떨려 왔다.

- 은설아, 나는…… 네가 살기를 바란단다. 이렇게라도, 네가 다시 숨 쉬며 살아갈 수 있기를. 모든 죄는…… 아빠가 짊어지고 갈 거야. 그러니 넌 그저 살아다오. 그리고…… 언젠가, 큐브시티 사람들이 다시 지구로 돌아갈 수 있도록…… 그 길을, 네가 찾을 수 있기를.

"무슨 뜻인지 모르겠어. 죽은 딸이 다시 살아 숨 쉰다는 게 무슨 뜻이야?"

윤재가 물었다. 박하는 굳은 표정으로 아무 말도 하지 못했다. 머릿속을 맴도는 의심이 틀리길 바랐지만, 불길한 예감은 쉽게 사라지지 않았다. 그때 윤재가 무언가 깨달은 얼굴로 박하를 돌아보았다.

"설마…… 엄마 친구였던 그 아이…… 구은설이…… 너?"

감시 화면으로 나뭇가지에 쌓인 눈이 투두둑 하고 떨어지는 모습이 보였다. 박하는 숨을 삼키며 단오의 대답을 기다렸다. 단오는 잠시 망설이다가 박하를 돌아보며 조용히 입을 열었다.

"맞아."

짧고 단호한 대답이었다.

"말도 안 돼……. 복제인간은 법으로 금지돼 있어. 큐브시티의 모든 법률은 구부립 박사님의 손을 거쳤다고 들었어. 그런 분이 스스로 만든 규칙을 어겼다고?"

"윤재 네 말이 맞아. 하지만 박사님은 큐브시티가 가능한 한 빨리 해체돼야 한다고 믿으셨거든. 그걸 위해 구은설의 유전자를 보관하신 거고."

"그게 구은설의 복제인간과 무슨 상관인데?"

윤재가 되물었다.

"그러니까…… 박사님은 구은설을 큐브시티를 해체할 열쇠로 설정해 두신 거야."

"그 열쇠라는 게, 꼭 사람이어야 했어?"

박하가 물었다. 머릿속이 복잡하다 못해 터질 것만 같았다. 이 장소, 이 공기, 지금의 이야기. 박하에게는 믿기지 않는 것들 뿐이었다.

"큐브시티는 많은 생명을 구했지만, 그건 정말 어쩔 수 없었던 상황에서만 의미가 있었어. 하지만 폐쇄된 구조 속에서 바이러스가 퍼지기 시작하면서…… 구은설을 포함해 수많은 노인들과 아이들이 죽었지."

"그건 사고였잖아. 예기치 못한 일이었고……."

윤재가 말끝을 흐렸다.

"그래. 박사님도 그 점을 알고 계셨어. 그래서 생각하신 거야. 언젠가 지구가 회복되기 시작하면 사람들은 큐브시티를 떠나 지구를 되살리는 삶을 살아야 한다고. 박사님은 구은설이 지구의 땅 위에서 새로운 삶을 살아가길 바라셨던 거지. 그래서 구은설의 복제인간을 열쇠로 설정하신 거고."

"……미친 생각이야."

윤재가 숨죽이며 중얼거렸다.

"고작 그 이유야? 그걸 위해 내가 만들어진 거라고? 나란 존재는 고작 열쇠에 불과한 거였어……?"

박하의 목소리가 떨려 왔다. 벽난로 불빛에 비친 표정도 절망적으로 일그러져 있었다.

"은설이를…… 아니, 박하 널 사랑하셨으니까."

단오가 타이르듯이 말했다.

"하지만 난 구은설이 아니야!"

박하가 목소리를 쥐어짜듯 외쳤다. 점차 심장이 터질 것처럼 숨이 거칠어졌다. 어디서부터 시작된 건지 모를 두려움과 분노가 동시에 밀려들었다. 피가 얼어붙은 것처럼 온몸이 떨려왔다.

"난 잘 모르겠어. 지금 큐브시티에는 아무 문제도 없잖아. 지구는 여전히 오염된 상태고, 다들 여길 떠날 생각조차 안 하고 있어. 그런데 왜 지금 구은설이…… 필요하다는 거야?"

사람들도 언젠가 그날이 오기만을 간절히 바라고 있을 터였다. 박하는 언더타운의 빛 한 줄기 들지 않는 좁은 공간에서 부대끼며 살아가는 수많이 사람들을 떠올렸다. 그들에게 묻는다면 조금쯤 오염된 땅이라도 좋으니, 진짜 햇볕을 쬐며 살 수 있기를 하나같이 바라고 있을 터였다.

"큐브시티는 핵융합 에너지로 살아가는 곳이야. 그건 너희도 잘 알지?"

단오의 말에 박하와 윤재가 고개를 끄덕였다.

"에너지는 넘쳐나. 이 도시는 결코 전력 부족으로 멈추는 일은 없을 거야. 그런데 왜, 언더타운에는 늘 빛이 부족할까?"

단오의 눈빛이 깊어졌다.

"에너지가 넘친다고?"

처음 듣는 이야기였다. 늘 비싸고 귀한 것으로만 알았던 인공 태양의 빛. 그게 사실은 넘쳐나는 에너지에서 일부러 덜어 낸 것이었다니, 믿기지 않았다.

"그래. 에너지는 충분해. 하지만 언더타운 사람들을 조종하려면 빛은 늘 귀한 것이어야 하지. 불만이 터지면 어떻게 할까? 잠깐 빛을 늘려 줘. 그러면 사람들은 그걸 '혜택' 받는다고 생각하지. 빛을 빼앗으면? 그때부터는 빛을 얻기 위해 기꺼이 더 열심히 일하려고 할 거야. 자기들이 무능한 탓에 빛을 얻지 못한다고 믿으면서."

단오는 차분한 목소리로 소름 끼치도록 끔찍한 진실을 말하고 있었다. 박하는 숨을 삼키며 단오가 내뱉은 단어들을 곱씹어 보았다. 좀 전의 차가운 분노가 더 거세게 타올라 온몸을 집어삼키는 기분이었다.

"그런데 큐브시티가 사라진다면, 어떻게 될까?"

단오가 물었다.

"……빚을, 돈을 주고 사지 않아도 되잖아."

윤재가 머뭇거리며 대답했다.

"그래. 누군가에게 큐브시티는 천국 같은 감옥일 거야. 그 감옥이 무너지지 않게, 그들은 기꺼이 모든 걸 감추고 사람들을 속이며 자신들의 천국을 지키려 들겠지."

윤재가 천천히 고개를 끄덕였다.

"……이제 알 것 같아. 박사님이 걱정하신 게 뭔지."

박하는 말 없이 둘의 대화에 귀를 기울였다. 무슨 비밀이 더 드러나든 더는 놀라지 않을 것 같았다. 단오는 구부립 박사의 계획을 모두 설명해 주었다.

구부립 박사는 구은설의 유전자를 큐브시티 두 곳에 비밀리에 보관해 두었고, 한 곳은 나하일 최고위원장에게, 다른 한 곳은 이시현 박사에게만 그 위치를 알려 주었다.

"그래도 잘 모르겠어. 박하에게 일어난 일들은 설명이 안 되잖아."

윤재가 고개를 갸웃하며 물었다.

"최고위원장님은 구은설의 복제인간이 절대로 태어나선 안 된다고 생각했어."

"왜?"

윤재가 물었지만 박하는 대답을 듣지 않아도 그 이유를 알 것 같았다. 큐브시티가 영원하길 바라는 사람들, 그 중심에는 분명 나하일 위원장이 있을 것이었다.

"큐브시티가 해체되길 원하지 않으셨으니까."

단오의 대답은 역시나 박하의 추측대로였다.

"그럼 우리 엄마는……"

"처음에는 이시헌 박사님도 구부립 박사님의 생각에 동의하지 않으셨어. 큐브시티는 모두에게 중요한 삶의 터전이라고 생각하셨지. 하지만 곧 마음을 바꿀 만한 일을 겪으시게 돼."

"그게 뭔데?"

"휴니봇 프로젝트."

"설마 도하진이 말한 그거?"

윤재의 물음에 단오가 고개를 끄덕이며 대답했다.
"맞아. 프로젝트에 참여한 과학자들, 그리고 이시현 박사님도 처음 연구가 시작되었을 무렵엔 난치병 치료를 위한 기술인 줄로만 알았거든. 그들 모두가 속아 넘어간 거지."
"……그걸 만든 사람이, 우리 아버지라는 거야?"
윤재는 혼란스러운 표정으로 고개를 숙이고는 잠시 말을 잃었다.
이시현 박사는 뒤늦게 진실을 알게 되자, 아무도 모르게 구은설의 복제인간을 만들기로 결심했다. 그렇지만 걸림돌이 있었다. 스승의 딸이었던 구은설의 얼굴을 나하일이 몰라볼 리 없다는 것. 적어도 구은설의 복제인간이 자라나 스스로를 보호하고 큐브시티를 해체할 수 있는 힘을 기를 때까지, 나하일의 눈에 띄어서는 안 됐다.
그때 갑자기 옆에서 고개를 푹 숙이고 있던 윤재가 울먹이기 시작했다.
"……난, 지금까지…… 엄마가…… 날 버린 줄로만…… 알았어."
그런 윤재의 모습에 박하는 심장이 쿵 내려앉았다. 가슴이 답답했다. 그 모든 비극이 자신의 잘못은 아니라는 건 알지만 마음 한구석이 멍든 것처럼 아리고 무거웠다. 그러다 문득, 깊은 두려움이 엄습해 왔다.

나하일은 왜, 자신을 딸이라고 속이면서까지 곁에 두려 했던 걸까? 가짜 유전자 검사 결과지까지 내밀며 아무렇지 않게 거짓말을 했다. 박하는 불법으로 만들어진, 이 세상에 존재해서는 안 되는 복제인간일 뿐이었다. 어쩌면 박하 하나쯤 세상에서 사라지게 하는 건 손쉬운 일일지 몰랐다.

"사람들은 거의 모르는 사실이지만 외부의 환경 오염도를 분석하는 에코 드론 수백 대가 한반도 전역을 날아다니고 있어. 드론이 수집한 데이터는 큐브릭에 실시간으로 전송되도록 세팅돼 있지."

단오가 말했다.

"평균 오염 회복도가 설정 기준의 90퍼센트에 도달하면 큐브시티는 자동으로 재설정돼. 폐쇄되었던 문이 열리고, 사람들은 큐브시티 밖으로 나갈 수 있게 되는 거야."

"지금은…… 몇 퍼센트인데?"

박하가 숨을 죽이며 물었다.

"한 달 전에 88퍼센트, 그리고…… 오늘 밤 90퍼센트에 도달할 거야."

윤재가 눈을 크게 뜨며 외쳤다.

"그럼…… 오늘 밤, 큐브시티가 자동으로 열릴 수도 있다는 말이야?"

"아니, 그럴 일은 없을 거야."

"어째서?"

이번에는 박하가 물었다.

"에코 드론이 큐브릭에게 보내는 정보를 누군가가 차단했거든."

단오의 말에 박하와 윤재가 동시에 눈을 크게 떴다.

"누가 그런 짓을 해? 설마……."

윤재가 말끝을 흐리며 말을 잇지 못했다.

"맞아. 나하일 최고위원장님."

단오의 대답에 윤재의 얼굴이 일그러졌다. 충격과 혼란이 뒤섞인 표정이었다. 바쁘고 무심한 아버지였지만 큐브시티를 훌륭하게 이끌어 나가는 아버지를 늘 존경의 눈빛으로 바라보던 윤재였다.

"그런데 넌…… 어떻게 알았어? 오염 회복도가 88퍼센트라는 사실을."

박하가 물었다.

"난 큐브시티에서 유일하게 큐브릭과 연결되지 않은 로봇이야. 구부립 박사님이 일부러 그렇게 설정하셨어. 대신, 큐브릭의 암호화된 시스템에는 나도 접근할 수 없어."

그 말은 곧, 단오에게 큐브릭만큼의 능력이 잠재돼 있다는 뜻이기도 했다. 단오는 단순한 돌봄 로봇이 아니었다. 알면 알수록 단오는 박하에게 가늠할 수 없는 존재처럼 느껴졌다.

"이번에도 한 바구니에 모든 달걀을 담지 않으신 거구나."

윤재가 힘없이 중얼거렸다.

"이제 어떻게 되는 거야?"

박하의 물음에 잠시 망설이던 단오가 말했다.

"박하가…… '큐브릭의 뜰'로 가야 해. 큐브시티의 심장, 큐브릭이 있는 곳으로."

"……가서, 뭘 하면 되는데?"

박하의 목소리가 조금 떨려 왔다. 알 수 없는 두려움으로 심장이 쿵쾅거렸다.

"가 보면 알게 될 거야. 박사님이 그렇게 말씀하셨거든."
"나, 잠시만."

박하는 그렇게 말하고 벽에 걸린 패딩을 아무렇게나 집어 걸친 후 문을 나섰다. 누가 말릴 사이도 없었다. 손에 잡히지 않는 아득한 슬픔과 분노가 가슴을 죄어 왔다. 그 감정이 무너지듯 쏟아져 나오는 모습을 누구에게도 보이고 싶지 않았다.

차가운 공기가 얼굴을 때렸지만 박하는 걸음을 멈추지 않았다. 하얀 눈송이들이 뺨 위로 내려와 따뜻한 눈물에 녹아내렸다. 그리 멀리 가지도 못한 채, 박하는 눈이 덜 쌓인 커다란 나무 둥치 아래에 몸을 숨기듯 쭈그리고 앉았다. 삼각형 유리로 빼곡하게 조립된 유리천장 너머로 은하수가 흘렀다. 눈 쌓인 숲이 하얀 달빛을 받아 은은하게 빛났다. 차갑지만 아름다운 광경이었다.

이 모든 것들이 자신과는 어울리지 않는다는 생각이 들어, 박하는 무릎에 얼굴을 묻었다. 불법 복제인간이라는 커다란 꼬리표가 상표처럼 제게 붙어 있는 모습을 상상했다. 어쩌면 자신은 세상에 대해 어떤 자격도 없는 생명체가 아닐까, 하는 수치심으로 온몸이 떨려 왔다.

잠시 뒤 사박사박, 조심스럽게 눈을 밟는 발소리가 들렸다. 소리는 박하가 앉아 있는 아름드리나무 반대편에서 멈췄다.

"난…… 구은설의 돌봄 로봇이었어."

단오의 목소리가 어둠 속에서 들려왔다.

"복제인간 주제에, 널 로봇이라고 무시했을 때…… 기분이 어땠어?"

박하가 떨리는 목소리로 울먹이며 말했다. 단오는 한동안 아무 말이 없었다.

"내가 많이 우스웠겠지?"

박하가 다시 입을 열었다. 단오에게는 아무런 잘못이 없다는 걸 알면서도, 누구든 원망하고 탓하고 싶었다.

"구은설의 유전자로 태어났을지는 몰라도, 넌 박하야. 내가 알던 은설이와는…… 전혀 다른 사람. 복제되었을진 몰라도 넌 물건이 아닌 사람이고. 너는, 너야."

나지막하면서도 단단한 목소리였다.

"……구은설은 어떤 사람이었어?"

박하가 조금은 차분해진 목소리로 물었다.

"구부립 박사님은 은설이 아주 어릴 때 이혼하셨어. 워낙 바쁘신 분이라 얼굴을 제대로 마주할 시간조차 없으셨지. 은설이는 마음만 먹으면 모든 걸 가질 수 있었지만…… 늘 외로운 아이였어. 기댈 수 있었던 존재는 돌봄 로봇뿐이었던."

박하는 문득 언더타운의 가족을 떠올렸다. 가난했지만 추억이 가득했다. 매일 품에 안아 주던 엄마, 잔소리도 자장가처럼 느껴지던 아빠, 아낌없이 주고 싶어 하던 할머니, 껌딱지처럼 종일 달라붙던 천둥이. 가족의 얼굴을 떠올리니 가슴속이 따뜻해졌다. 전부를 잃은 듯한 기분이 조금은 사그라드는 것 같았다.

"……너, 구은설을 어떻게 생각해?"

박하가 조심스레 물었다.

"구은설은 좋은 사람이었어. 그리고 덧붙이자면 내게 명령을 내릴 수 있는 사람은 구부립 박사님과 구은설뿐이고."

"좋은 사람은 어떤 사람인데?"

잠깐 생각하더니 단오가 대답했다.

"너와 같은 사람. 스스로에게 솔직하고, 나 같은 로봇도 사람처럼 대해 주었지."

"지금은 둘 다 없잖아. 넌 누구의 명령을 따르는 거야?"

"내가 어떤 모습이든, 내 주인은 언제나 구부립 박사님과 구은설이야. 난 그들의 명령을 가장 먼저 따르지만, 지금 내게 명령할 수 있는 사람은 너뿐이야. 윤재에게는 미안하지만 그 설정은 바뀔 수 없어."

"대답해 줘서…… 고마워."

박하는 단오의 말을 들으며 짧게 고개를 끄덕이고, 하얀 숨을 내뱉었다. 여전히 마음은 복잡했지만 안개가 한 겹 걷힌 듯 차분해졌다.

박하는 자리에서 일어나 단오에게로 다가갔다. 다시 바라본 단오의 눈빛은 자신만큼이나 슬퍼 보였다. 단오는 구은설을 그리워하고 있는 걸까? 구부립 박사가 딸을 그리워했던 것처럼.

문득 호텔의 종업원들과 농장에서 마지막으로 만났던 아빠의 눈빛을 떠올렸다. 아무런 감정도 묻어나지 않던, 유리구슬처럼 차가운 눈동자. 그런데 지금 단오의 눈은 달랐다. 그 속에는 구은설을 향한 그리움과 윤재에 대한 미안함이 담겨 있었다. 인간의 것만큼이나 슬프고, 인간보다 더 따뜻한 눈빛이었다.

"난 내가 해야 할 일을 할 거야. 도와줄 거지?"

단오는 말없이 고개를 끄덕였다.

박하는 가만히 눈을 감았다. 무엇이 진실이든, 이젠 도망칠 수 없다는 예감이 들었다.

13. 영혼을 잃은 사람들

"북국의 숲에 바위로 위장한 구부립 박사의 비밀 오두막이 있었습니다."

윤 비서의 보고에 나하일은 미간을 구겼다.

"그런 걸 감춰 두다니. 돌봄 로봇 따위에게 한 방 먹은 셈이군."

"박사님이 휴식을 위해 만든 공간인 듯합니다. 워낙 구석진 곳이고, 벽 전체가 광학 위장 물질이라 눈에 덮여 있지 않으면 바깥 풍경이 그대로 비치게 설계돼 있었습니다. 공기 순환은 하층으로 연결돼 있어서 외부에서는 알아채기 어려웠던 것 같습니다."

"다른 건?"

"홀로그램 재생기가 하나 있었지만 메모리는 비어 있었습니다."

"아이들을 데려와. 단오도 함께."

그렇게 말한 뒤 나하일은 깊게 숨을 들이쉬며 얼마 전 한 남자를 마주했던 일을 머릿속으로 떠올렸다.

"강민지의 동태를 틈틈이 알려 주면, 가족을 어퍼타운에서 살게 해 주지. 테라리움에 일자리도 알아봐 주고. 어떤가?"

큐브시티에 사는 누구라도 거부하기 힘든 제안이었다. 나하일은 당연히 상대가 받아들일 거라고 여겼다. 하지만 박태수는 잠깐의 망설임도 보이지 않았다.

"전 지금 삶에 만족합니다. 언더타운에서 가족과 함께 지내는 것만으로도 더 바랄 것이 없어요. 제안은 정중히 거절하겠습니다."

순간, 나하일은 자기 귀를 의심하며 일그러진 표정을 숨기지 못했다. 자신이 퍼트린 소문만큼 '가이아 코드'가 실질적으로 큰 위협이 아니라는 사실은 나하일도 잘 알고 있었다. 하지만 체제에 균열을 내고 시민들의 생각을 뒤흔드는 존재는 언제나 위험했다.

게다가 강민지는 휴니봇 프로젝트의 초기 단계부터 연구에 참여한 과학자였고, 누구보다 그 실체를 잘 파악하고 있는 사람이었다. 큐브시티에 저항하는 세력이라니, 손톱 밑의 가시처럼 거슬렸다. 당장 위협이 되는 조직이 아니어도 뿌리째 뽑아 없애고 싶었다. 아무리 작아도 불씨는 불씨였다. 대형 화재는 늘 작은 불씨에서 시작된다.

강민지와 가장 가까운 박태수를 잘만 설득하면 어렵지 않게 여자와 그 조직을 제거할 수 있을 거라고 생각했지만 그 기대는 보기 좋게 빗나갔다. 거절당한 이상, 그대로 돌려보낼 수는 없었다. 박태수를 회유해 자신을 치려 했다는 사실을 강민지가 알게 된다면 어떤 수단을 써서 반격을 해 올지 몰랐으니까.

'멍청한 놈……'

타이밍은 어이없이 꼬였다.

설마 구은설의 복제품이 박태수의 양녀로 살아가고 있었을 줄이야. 그 아이를 먼저 발견했다면, 일은 훨씬 더 수월했을지도 몰랐다.

큐브시티의 자율주행 자동차인 큐브라이더 안에는 나하일의 비서를 마주 보며 윤재, 박하가 나란히 앉아 있었다. 지난밤 일을 들킨 걸까? 아니길 바라며 박하는 불길한 예감을 애써 눌렀다.

"윤 비서님, 아버지 사무실로 가는 거 아니었어요?"

윤재가 현재 위치가 붉게 깜박이는 스크린을 보며 물었다. 큐브라이더는 화물 전용 수직트램에 실려 언더타운으로 향하는 중이었다.

"위원장님께서 너희를 데려오라고 하신 곳이 있어."

윤 비서가 가볍게 대답했다.

트램에서 내려 자동차로 도착한 곳은 언더타운 공장 지대의 한 건물 앞. 입구에는 '1급 기밀시설 / 관계자 외 출입 금지'라는 붉은 경고 문구가 선명하게 붙어 있었다.

현관에서 기다리는 나하일이 보였다. 그의 곁에는 공장 관리자 작업복을 입은 나이 든 남자가 서 있었다. 잠깐 인사를 나눈 뒤 박하 일행은 건물 안쪽으로 걸음을 옮겼다.

건물 안은 군데군데만 조명이 켜져 있을 뿐, 어둡고 서늘한 기운이 감돌았다. 긴 복도를 앞서 걷던 남자는 '실험공장 1'이라는 팻말이 붙은 문 앞에 멈춰 섰다. 그는 홍채와 지문 같은 생체 정보를 입력해 철문을 열었다.

안으로 들어서자 앞면이 통유리로 된 어두운 관람실이 나왔다. 유리 너머로는 아래로 탁 트인 거대한 공간이 펼쳐져 있었다. 식품 공장이었다. 아래쪽에는 컨베이어벨트를 따라 사람들이 무언가를 조리하고 있었다.

정체를 알 수 없는 반죽이 정해진 속도로 흘러가고 그 위에 토핑, 소스 같은 것들이 정확한 간격으로 뿌려졌다. 마스크와 모자, 위생복을 입고 똑같은 동작과 속도로 일하고 있어 처음에는 로봇인가 싶었지만, 자세히 보니 몸집도 얼굴도 조금씩 달랐다. 거대한 통 속에는 크림색 반죽이 빠르게 회전하며 섞이는 중이었다. 구워진 제품을 잘라 내는 칼날이 위험하게 번뜩였지만 제조 속도는 정확하게 유지되고 있었다.

"큐브시티 공장 중 작업 효율이 가장 뛰어난 곳이란다."

나하일이 자랑스럽게 말했다.

"어떻게요?"

윤재가 의아한 듯 물었다.

"쾌적한 온도, 적절한 영양 공급과 운동, 수면까지 체계적으로 작업자들을 관리한 덕분에 하루 12시간씩 일할 수 있게 만들었거든."

"12시간이나요?"

윤재가 미간을 찌푸리며 되물었다. 큐브시티의 일반 노동자는 하루 7시간 정도를 근무했다. 휴식과 출퇴근 시간까지 고려하면 하루에 12시간을 일한다는 건 말도 안 되는 소리였다. 하지만 박하는 금세 알아차렸다. 저들은 호텔 종업원과 같은 상태로 보였다. 감정도 의지도 잃은 채, 그저 명령에 따르기만 하는 존재. 휴니봇 바이러스에 감염된 사람들임이 분명했다.

"사람이라면 그렇게 일만 하면서 살 수는 없어요."

박하의 목소리가 분노로 가늘게 떨렸다.

"난 방법을 찾고 연구해 왔어. 큐브시티 전체를 위한 해결책을 말이야."

"공장 일이라면 로봇도 할 수 있잖아요?"

윤재가 반문했다.

"로봇은 제작과 유지에 비용이 너무 많이 들어. 그리고 큐브시티 인구는 계속 늘고 있다. 사람이 많아지면 불만도 많아지고 범죄도 늘어나지. 그런 걸 통제하는 게 바로 내 역할이야. 이

건 모두의 미래를 위한 결정이란다."

나하일은 별것 아니라는 투로 침착하게 설명했다.

'모두의 미래라고?'

박하는 속으로 되물었다. 그가 말하는 '모두'에 언더타운 사람들은 포함되지 않았다. 언더타운의 땅은 포화 상태였지만 어퍼타운과 미들타운은 여전히 여유로운 공간이 넘쳐 났고, 불만은커녕 풍족함만 가득했다. 그가 꿈꾸는 모두의 미래란 인구가 늘어난 언더타운 사람들을 로봇으로 만들어, 미들타운과 어퍼타운 사람들을 더욱 풍요롭게 만드는 것에 불과했다.

"그럼, 저 사람들의 가족은요? 가족들은 다 알고 있는 거예요?"

박하가 울분을 꾹꾹 눌러 삼키며 물었다.

"저들에게는 가족이 없어. 그러니 찾는 사람도 없지. 게다가 저들은 건강한 몸으로 큐브시티에 봉사하고 있다. 그걸 불만으로 여길 사람이 있겠니?"

당연하다는 듯 말하는 나하일의 태도에 박하의 속이 들끓었다. 저 사람들은 자신이 어떻게 이용당하고 있는지조차 모른다. 이미 바이러스에 감염되어 철저히 세뇌된 상태일 테니까.

더 화가 나는 건 나하일의 태연한 태도였다. 그는 조금의 거리낌도 없이, 자신이 저지른 잘못을 자랑스럽다는 듯 늘어놓고 있었다. 그 곁에서 단오는 속을 알 수 없는 표정으로 가만히 듣고만 있었다.

 "저들도 인간이에요. 친구가 있고, 다른 사람들처럼 평범하게 살아갈 권리가 있어요. 그럴 자유가 있어요."

 박하의 목소리가 어느새 떨리고 있었다.

 "너희가 놀랄까 봐 말하지 않았다만 저들은 범죄자들이다. 이미 인간이길 포기한 자들이지."

 나하일의 말끝에 냉기가 스며 있었다.

 "어떤 죄를 저질렀는데요?"

 이번에는 윤재가 물었다.

 "여러 가지야. 도둑질도 하고, 사람을 죽인 자들도 있어."

 "고작 도둑질을 했다고 저렇게 모든 걸 뺏겨야 한다고요? ……다시, 정상인으로 돌아올 수 있는 거죠?"

 죄의 무게는 분명 제각각이라는 생각이 들었다. 작은 죄도 큰 죄도 모두 똑같이 벌하는 건 분명 불공평했다. 박하는 마지막으로 작은 희망을 품고 물었다.

"그 단계까지는 아직 연구가 진행되지 못했어."

나하일은 아쉬운 듯 말했지만, 박하는 그의 말에서 무관심을 읽었다. 할머니를 모시고 간 병원에서 들은 적이 있다. 인간의 뇌는 한번 손상되면 회복이 어렵다고. 어쩌면 저들은 영원히 원래대로 돌아올 수 없을지도 모른다.

"그런데…… 왜 저희에게 이걸 보여 주시는 거죠?"

박하가 떨리는 몸을 가누며 힘겹게 물었다. 나하일의 입가에서 웃음기는 완전히 사라져 있었다.

"박하야, 넌 너무 솔직해서 마음을 잘 숨기지 못하는구나. ……그 아이도 그랬지만 말이야."

"그게 무슨 말씀이세요?"

심장이 쿵 내려앉았다. 지난밤 테라리움에 간 사실을 들킨 걸까? 박하는 저도 모르게 윤재를 바라보았다. 설마 윤재가 모든 걸 일러바친 걸까? 하지만 윤재는 눈을 크게 뜬 채 물끄러미 박하를 쳐다볼 뿐이었다.

"네가 누군지, 이제야 알게 된 듯한데."

더는 숨길 수 없었다. 나하일은 이미 모든 걸 알고 있었다. 박하가 다시 한번 윤재를 노려보자, 윤재가 어리둥절한 표정을 지었다. 하지만 윤재가 아니라면 말할 사람이 없었다.

"저도…… 저렇게 만드실 건가요?"

박하의 눈에 눈물이 맺혔다. 두려움 때문이 아니었다. 치밀어 오르는 분노와 모멸감에 터져 나온 눈물이었다.

"넌 어차피 불법으로 태어난 아이야. 태어날 때부터 범죄자였지."

"그건 제 선택이 아니었어요!"

하지만 문득 나하일의 말이 틀리지 않을지도 모른다는 생각이 들자 가슴 한쪽이 쓰려 왔다. 그의 말 한마디 한마디가 박하의 심장을 날카롭게 도려내는 것 같았다.

"하긴, 어쩌면 '범죄자'라는 말도 사치일지 모르지. 넌 그저, 구은설의 대체품일 뿐이니까."

그 말에 박하는 숨조차 쉴 수 없을 만큼 비참했다. 하지만 아무런 반박할 말도 떠오르지 않았다.

"그런 저를…… 왜 내버려두시는 거예요?"

박하가 눈물을 꾹 삼키며 물었다.

"그럼에도 넌, 사람들이 숭배하는 구부립 박사의 핏줄이니까. 그 자체로 이용 가치는 충분해. 지금은 내 딸이 되었으니,

아무것도 하지 않아도 된다. 그냥 조용히 살아가라. 그러면 언젠가 내가 피땀 흘려 키워 낸 큐브시티를 너에게 넘겨주마. 널 위해 일할 저 일꾼들도 함께 말이다."

나하일이 컨베이어벨트를 가리키며 눈빛을 번뜩였다.

"큐브시티는 당신의 소유물이 아니에요. 이곳에 사는 모든 사람들의 것이죠."

"저런, 박하야. 그런 말을 하려면 계산부터 다시 배워야겠다. 구은설은 똑똑한 아이였는데. 쯧쯧."

나하일이 조롱하듯 말하며 고개를 절레절레 흔들었다.

"제게 필요한 건 노예가 아니라…… 친구와 가족이에요!"

"순진하구나. 하지만 괜찮아. 시간이 지나면, 너도 생각이 바뀔 거야. 안 그러니, 윤재야?"

나하일이 윤재를 돌아보며 비꼬듯이 물었다. 윤재는 겁먹은 눈빛으로 굳어 있을 뿐이었다.

"아버지 몰래 한밤중에 방을 빠져나가는 짓을 했으니, 윤재 너도 벌 받을 각오는 되어 있겠지?"

"죄……죄송해요, 아버지."

윤재의 목소리가 꺼질 듯이 가늘게 떨렸다. 그때 박하가 끼어

들었다.

"사람들이 이 사실을 알게 되면, 가만있지 않을 거예요."

나하일의 입꼬리가 천천히 비틀렸다.

"그런 일은 절대 일어나지 않아. 저들은 모두 범죄자야. 언더타운에서도 버림받은, 아무짝에도 쓸모없는 인간들일 뿐이지."

실험공장에서 돌아오는 길. 큐브라이더가 멈춰 서자 나하일이 차에서 내렸다. 그 순간, 한 남자가 허둥지둥 달려와 그의 앞을 막아섰다. 남자의 손이 재빨리 품속으로 들어갔고, 곧 번뜩이는 칼날이 보였다.

"죽어!"

칼을 든 남자가 나하일에게 달려들자, 주변은 순식간에 아수라장으로 바뀌었다.

"아버지!"

윤재가 소리치며 앞으로 뛰쳐나가자 박하도 그 뒤를 따랐지만 이미 상황은 끝난 뒤였다. 남자는 바닥에 엎드린 채 경호원 여럿에게 제압당해 있었다. 경호원 중 하나는 피가 흐르는 팔을 부여잡고 있었다. 잔뜩 인상을 쓰고 있었지만 멀쩡하게 서 있는 걸 보니 생명에 지장이 있을 정도는 아닌 모양이었다.

"우리 형 어딨어? 어딨냐고! 대체 어디에 숨긴 거야. 무슨 짓을 한 거야!"

눈물인지 땀인지 모를 것을 흘리며 남자가 절규했다. 제압되며 주입된 약물 때문인지 알 수 없지만 남자는 곧 의식을 잃었고, 뒤늦게 나타난 경찰들에 의해 어딘가로 힘없이 끌려갔다.

돌처럼 굳은 얼굴로 나하일은 집 안으로 들어가 버렸다.

다음 날, 박하는 할머니를 찾아갔다. 천둥은 어딜 갔는지 보이지 않았다. 전파상 금사장이 자주 들러 돌봐 준 덕분에 할머니는 여전해 보였다.

박하는 할머니가 침대에서 잠든 모습을 확인하고 곧장 전파상으로 향했다. 이번에도 어퍼타운에서부터 눈에 띄던 젊은 남자가 박하의 뒤를 따르고 있었다. 남자는 미행 사실을 애써 감추려는 노력조차 하지 않는 듯했다.

"금사장님!"

가게 문을 열고 들어서자마자 박하는 금사장에게 달려가 와락 끌어안았다. 계속 조마조마했던 마음이 와르르 허물어져 내리며 눈물이 쏟아질 것 같았다.

"무슨 일 있었니?"

금사장이 놀란 눈빛으로 물었다. 박하는 그제야 숨을 고르며, 그동안 있었던 일을 하나하나 털어놓았다.

자신이 구은설의 복제인간이라는 사실, 이시현 박사가 휴니봇에 반대해 복제배아를 직접 인공수정으로 임신했고, 그래서 윤재의 쌍둥이로 태어났다는 것. 그리고 나하일이 휴니봇 인간을 공장에서 실험 중이며, 호텔의 종업원들까지 그 실험의 일부였다는 사실까지.

금사장은 놀란 얼굴로 박하의 이야기에 귀를 기울였다.

"그런데 호텔 종업원이나 아빠는 왜 그 공장에 없었던 걸까요? 평범한 사람들과 있으면 사람들이 눈치챌 수도 있잖아요."

박하의 말에 금사장은 깊은 한숨을 내쉬었다.

"네게 아직 말하지 못한 사실이 있어. 큐브시티에는 비밀 조직이 있단다. 휴니봇 계획을 반대하는 사람들이 모인 단체지."

"혹시…… 그 가이아 코드라는 단체요?"

박하가 조심스럽게 묻자, 금사장은 천천히 고개를 끄덕였다.

"그래. 내가 만든 단체야."

박하는 놀라서 잠시 숨을 멈췄다.

"나도 휘니봇 실험에 반대하다가 언더타운으로 쫓겨났지만, 그때까지만 해도 일이 이 정도까지 커질 줄은 몰랐어. 한 날은 이시현 팀장님이 날 찾아오셨어. 그게 처음이자 마지막이었는데…… 이런 일이 벌어지고 나니까 떠오르더구나."

금사장이 기억을 떠올리며 고개를 끄덕였다.

"그때 어쩌다 그런 이야기가 나왔는지는 모르겠지만, 옆 골목의 젊은 부부가 아이를 갖고 싶어 한다는 이야기를 했던 기억이 나더구나. 하지만 네가 팀장님과 관련이 있을 줄은 상상도 못 했어. 아마 내게도 얘기하지 않는 편이 안전하다고 생각하셨겠지."

금사장이 쓸쓸한 눈빛으로 박하를 바라보았다.

"절 데려다준 게 단오였대요. 이시현 박사님의 계획을 도왔던 것 같아요."

"그렇구나. 애초에 구부림 박사님의 로봇이었으니."

금사장은 조금 놀란 표정이었지만, 납득한 얼굴로 가만히 고개를 끄덕였다.

"이시현 박사님은 어디로 가신 걸까요?"

"누군가 돕는 사람이 있었다면 다행인데 말이다."

갓 태어난 윤재를 두고 박하와 큐브시티를 선택한 이시현 박사의 마음은 감히 상상하기 어려웠다. 잠시 침묵이 흘렀다. 그러다 금사장이 화제를 돌리며 입을 열었다.

"참, 어제 나하일이 공격을 당했다고 하던데?"

"어떻게 아셨어요?"

뉴스에조차 나오지 않은 일이었기에 박하는 놀랐다.

"어퍼타운에도 정보원이 있어."

금사장이 담담하게 말했다.

"혹시…… 그 사람도 가이아 코드 소속이에요?"

"아니. 가이아 코드는 아직 폭력 행동에 나선 적은 없어. 우린 정보를 공유하고 만약의 사태에 대비해 준비할 뿐이야. 물론…… 언젠가 무력 충돌이 불가피할 때가 올지도 모르지만."

"……그렇군요."

박하는 입술을 깨물었다. 이제 어떻게 해야 할까. 머릿속이 복잡했다. 저도 모르게 주먹을 꽉 쥐었다.

"하지만 박하야, 난 네 이야기를 들으니…… 이상하게도 희망이 보이는구나."

박하는 금사장의 말을 바로 이해하지 못하고 고개를 갸웃했다. 지금 상황은 어떻게 봐도 절망적이었다. 이런 혼란 속에서 금사장은 어떤 희망을 봤다는 걸까?

"우린 늘 바위에 달걀 부딪치기라고 생각했어. 아무리 애써도 세상은 바뀌지 않을 거라고 말이야. 하지만 봐, 지구가 다시 사람이 살 수 있을 만큼 회복되고 있다잖니. 어쩌면 정말로 인류가 이곳을 떠날 날이 머지않았을지도 모르겠구나. 다만……."

"다만요?"

"그런 일이 있었는데도, 나하일이 널 이렇게 자유롭게 두는 게 좀…… 이상하단 말이지."

박하도 고개를 끄덕였다.

"사실은, 여기 오는 내내 누군가 절 미행하는 것 같았어요. 하지만 제가 금사장을 찾아오는 건 평소에도 자주 있던 일이라…… 그냥 그러려니 하는 거 아닐까요?"

박하의 말이 끝나자, 금사장의 표정이 순간 굳어졌다. 그의 시선이 박하의 손목으로 옮겨갔다. 버블 코어가 심긴 자리였다.

"왜…… 그러세요?"

박하가 어리둥절해서 물었다. 짧은 침묵 끝에, 금사장은 다시 평소의 말투로 돌아와 자리에서 일어서며 말했다.
"……그래, 일단 청소부터 좀 하자. 도와줄 수 있겠니?"
갑작스러운 제안에 당황했지만, 박하는 금사장을 따라 자리에서 일어섰다.
잠깐 사이, 전파상 주변이 소란스러워졌다. 보안국 군인들이 총을 들고 몰려들더니 전파상을 포위했다. 군인들이 우르르 가게 안으로 들이닥쳤을 때 박하는 테이블 앞에 앉아 금사장이 내린 차를 홀짝거리고 있었다. 단 한 사람을 잡기 위해 이렇게나 많은 사람들이 필요할 줄은 몰랐다.
"찾아서 끌어내!"
금사장의 모습이 보이지 않자 대장으로 보이는 인물이 고함쳤다. 박하는 남몰래 가슴을 쓸어내렸다. 금사장은 몇 분 전, 가게에 숨겨진 비밀통로로 탈출한 뒤였다. 그 통로는 미로 같은 환풍구와 얽혀 있어, 아무리 보안국이라 해도 당장 찾아내기는 어려울 터였다.

어퍼타운의 집 안으로 들어서자마자, 이번에는 나하일의 경호원들이 박하를 에워쌌다.

"넌 방에서 반성 좀 해야겠구나."

나하일이 싸늘한 얼굴로 말했다. 금사장의 소식을 이미 알고 있는 듯했다.

"반성해야 할 사람은 제가 아니라 위원장님이에요."

어디서 솟아난 용기인지, 박하가 담담하게 맞받아쳤다.

"너 때문에 큐브시티 전체가 위험에 빠지게 됐어. 멸망을 부르는 과거의 아이야……. 더는 그런 짓을 못 하게 내가 도와주마."

"큐브시티를 위험에 빠뜨린 건 위원장님이에요!"

박하가 지지 않고 소리쳤다.

"대체인간 주제에 인류를 걱정하는 거니? 가만히 있기만 하면 내가 힘들게 쌓아 올린 그 모든 걸 가질 수 있을 텐데, 대체 뭐가 그렇게 불만이냐?"

나하일은 박하의 아픈 상처를 사정없이 후벼팠다. 박하는 더는 대꾸하지 못했다. 입술을 꽉 다문 채 경호원들에게 붙들려 자신의 방으로 끌려갔다. 문이 닫히고 자물쇠가 채워지자 박하는 발을 동동 굴렀다. 천둥과 할머니, 그리고 아빠는 무사할까? 금사장은 무사히 몸을 피한 걸까? 초조한 마음에 가만있기가 힘들었다. 반드시, 모두 무사해야만 했다.

　수족관에 갇힌 물고기처럼, 박하는 그저 창밖을 바라보는 것 외엔 할 수 있는 일이 없었다. 몇 시간이나 지났을까. 투닥투닥 요란한 소리가 나더니 갑자기 문이 벌컥 열렸다. 단오와 윤재였다. 쓰러져 있는 경호원을 보고 박하가 눈을 휘둥그레 뜨자, 윤재가 두 손을 들며 서둘러 고개를 저었다.

　"나 아니야! 단오가 그랬어."

　"로봇은…… 그러면 안 되지 않아?"

　박하가 믿기지 않아서 물었다. 로봇이 인간을 해칠 수 없다는 건, 로봇이 만들어진 이래 단 한 번도 깨진 적 없는 원칙이었다. 큐브시티의 군인 중에도 안드로이드는 있었지만 그들은 공격용이 아니었다.

　"내 주인이 위험할 땐 예외야. 그리고 이 사람들, 그냥 잠깐 기절한 거야. 다치진 않았어."

　단오가 침착하게 설명했다.

　"이제 대놓고 박하가 주인이라고 그러네?"

　윤재가 씁쓸하게 웃었다. 단오도, 박하도 아무 말 하지 못했다. 어색해진 분위기를 깨려는 듯, 윤재가 너스레를 떨었다.

"알고 보니까 단오, 살인병기더라. 급소를 죄다 꿰고 있어. 너도 조심해."

씨익 웃는 윤재의 표정이 어딘가 헛헛했다.

"……넌, 뭐야? 그 사람은 진짜 네 아버지잖아."

박하가 미간을 찌푸리며 윤재에게 물었다.

"글쎄. 엄마를 닮은 건가?"

실없는 소리를 하며 윤재가 힘없이 웃었다.

"고마워."

박하가 진심을 담아서 하는 말에 윤재가 정색하는 얼굴로 말했다.

"그리고 테라리움 간 거, 나 진짜 안 일렀어. 맹세코!"

"알고 있어."

박하의 말에 윤재가 그제야 안도한 얼굴로 웃었다.

14. 큐브릭의 뜰

- 삐삐삐삐!

어퍼타운의 맑은 하늘 아래, 경고 알람이 울려 퍼지며 방송이 이어졌다.

- 화재 발생! 화재 발생! 긴급 대피하세요!
- 테러 세력 감지! 테러 세력 감지! 긴급 대피하세요!
- 총격 발생! 총격 발생! 긴급 대피하세요! 긴급 대피하세요!

거실 창밖으로 내려다보자, 멀리 어느 거리에서 검은 연기가 피어오르고 있었다.

"무슨 일이야?"

윤재가 불안한 얼굴로 단오와 박하를 돌아봤다.

'티링.'

박하의 손목에 버블이 떠올랐다. 금사장이었다. 메시지를 확인한 박하가 단오를 바라보자, 단오도 이미 메시지를 받은 듯 굳은 표정으로 고개를 끄덕였다. 당연한 일이었지만 단오는 버블 코어 따위가 없어도 남몰래 메시지를 주고받을 수 있었다.

"지금이야. 큐브릭에게로 가야 해."

"무슨 일인데?"

윤재가 영문을 몰라 물었다.

"가면서 설명할게. 단오야, 안내해 줄 수 있지?"

셋은 망설이지 않고 지난번 북국의 숲에 갈 때 이용했던 구식 트램 플랫폼으로 향했다. 하지만 그곳에 있던 문은 사라지고 없었다. 문 대신 두꺼운 철벽이 세 사람을 가로막았다. 단오는 당황하는 기색도 없이, 모퉁이를 돌아 바닥을 더듬더니 비밀 해치를 찾아냈다.

"들어가자."

박하도 몸을 굽혀야 걸을 수 있는 좁은 통로는 트램 승강장 옆 창고로 이어졌다. 세 사람은 숨 돌릴 틈도 없이 곧장 구식 트램에 올라탔다. 자리에 앉자마자 윤재가 버블을 띄워 라이브 뉴스를 확인했다. 시위는 아직 일부 지역에 국한되어 있었지만, 화면에는 어퍼타운과 미들타운 곳곳에서 보안군이 총을 쏘고 시위대를 체포하는 장면이 끊임없이 흘러나왔다. 화면 아래에는 '가이아 코드의 테러'라는 뉴스 자막이 선명하게 보였다.

"그건 사실이 아니야. 보안군이 먼저 가이아 코드 본부를 습격했어."

박하의 단호한 말에 윤재가 물었다.

"그걸 어떻게 확신해?"

"금사장님이 보낸 메시지를 봤거든."

박하는 자신의 버블 크기를 키우고 메시지를 띄워 윤재에게 보여 주었다. 아까는 문자만 확인했지만 이번에는 영상 화면을 꺼내 셋이 함께 영상 내용을 확인했다. 짧은 몇 초였지만, 영상 속에는 보안군이 먼저 본부에 들이닥치는 장면이 선명하게 담겨 있었다.

"네가 받은 것도 이 영상이지?"

박하가 단오를 바라보며 묻자 단오가 고개를 끄덕였다. 만약 지금 큐브릭을 재설정하지 못한다면, 저 사람들은 모두 '범죄자'로 낙인찍히게 될 것이다. 그 순간 그들에게는 휴니봇 바이러스가 주입될 테고, 그때부터는 인간이 아닌 노예로 살아가야 한다.

이제 박하의 머릿속에는 오직 한 가지 생각뿐이었다. 무슨 수를 써서라도 지켜 내고 싶었다. 자신의 가족과 아무런 잘못도 없이 휴니봇이 되어 버릴지도 모를 사람들을. 그 사실 말고는 아무것도 중요하지 않았다. 그들을 지킬 수 있는 힘이 제게 있다면, 큐브시티의 열쇠가 되기 위해 태어났든 아니든 아무래도 상관없었다.

트램에서 내리자 단오는 익숙한 듯 낡은 건물의 뒷골목으로 걸음을 옮겼다. 작은 대나무 숲을 헤치고 나가자, 가려져 있던 녹슨 철문 하나가 모습을 드러냈다. 큐브릭의 감시망에 걸리지 않는 또 다른 비상 트램이었다. 단오는 그 모든 통로를 빠짐없이 알고 있었다. 트램은 구불구불 어둠 속을 지나며 이번에는 아래, 더 깊은 곳으로 향했다.

단오는 큐브릭의 뜰이 지상과 가까운 큐브시티의 중간쯤에 위치해 있다고 했다. 도시 외곽이 파괴되더라도 핵심 시스템에 해가 가지 않도록 설계한 탓이었다.

잠시 뒤 트램이 멈추자 자동 비상등이 켜졌다. 사방이 꽉 막힌 듯한 작은 공간이었다. 문은 어디에도 보이지 않았다. 단오가 벽 한쪽을 조심스럽게 눌렀다. 곧 벽면 일부가 천천히 열리며, 그 너머로 전에 본 적 없는 장면이 펼쳐졌다.

"우와!"

윤재가 탄성을 터뜨렸다.

"집……이잖아."

박하도 놀라 중얼거렸다. 엉뚱하게도 작은 숲을 배경으로 기와를 얹은, 지구 시절의 오래된 한국 시골집이 서 있었다. 바닥에는 흙이 깔려 있었고 공기마저 푸근하게 느껴졌다. 새 소리와 시냇물 소리가 어딘가에서 들려왔다. 큐브시티에서는 좀처럼 보기 힘든, 마치 시간 멈춘 듯한 풍경이었다. 박하는 저도 모르게 몸을 숙여 흙을 움켜쥐고는 손가락 사이로 흘려보냈다.

"구부립 박사님의 고향집을 흙까지 그대로 옮긴 거야."

단오가 말했다.

"그럼 큐브릭은 어디 있어?"

박하가 물었다.

"이 집 아래. 큐브릭의 위치를 아는 사람은 극소수뿐이야."

단오의 대답에 윤재가 기가 막히다는 듯 말했다.

"구부립 박사님은 진짜 괴짜였구나."

세 사람은 낡은 대문 앞에 섰다.

"나무로 만들어진 문이야."

박하가 신기한 듯 문을 쓰다듬었다. 차갑거나 매끈한 유리가 아닌, 부드럽고 따뜻한 나뭇결이 손바닥에 그대로 전해졌다.

"그 노인네가 얼마나 제정신이 아니었는지, 이제야 알겠니?"

어디선가 들려온 목소리. 나하일이었다. 세 사람이 동시에 몸을 돌리자, 나하일을 중심으로 보안군 10여 명이 세 사람을 포위하며 재빨리 몸을 움직였다. 까만 전투복과 헬멧, 전기총을 든 군인들. 평화롭던 시간 속의 풍경이 순식간에 현실로 내동댕이쳐졌다.

"아버지……."

윤재가 떨리는 목소리로 중얼거렸다.

"너까지 이럴 줄은 몰랐구나, 윤재야."

나하일이 어이없다는 듯 고개를 저었다.

"사라졌다는 보고를 받고 혹시나 했는데, 설마 네가 이런 데 가담할 줄이야."

그의 말투에는 실망보다는 분노와 비웃음이 담겨 있었다. 윤재는 겁에 질린 채 뒤로 한 걸음 물러났다.

"좋아. 멀쩡하게 살아서 나가고 싶으면, 셋 다 그 문에서 떨어져라. 허튼짓하면 너희 모두 무사하지 못할 거다."

나하일이 손짓하자, 보안군의 총구가 일제히 세 사람에게 모아졌다. 팽팽한 긴장감으로 숨이 쉬어지지 않았다.

박하는 흘깃 윤재 쪽으로 눈을 돌렸다. 영혼이 빠져나간 사람처럼 눈은 아버지를 향한 채 굳어 있었다. 늘 바빠서 곁에 있어 주지 못하는 아버지였지만, 윤재는 언제나 나하일을 존경했다. 곁에서 지켜볼 뿐이었지만 박하도 그 사실을 너무 잘 알고 있었다. 그런 아버지가 지금, 자신에게 총을 겨누고 있었다. 윤재가 어떤 기분일지 그 눈빛만으로도 짐작이 갔다. 윤재가 지금 박하와 단오를 버리고 자신의 아버지에게 돌아간다 해도 무작정 원망할 수는 없을 것 같았다.

하지만 그렇게 되면 큐브시티를 리셋하는 일은 실패로 돌아가고 박하와 가족, 가이아 코드 사람들까지 모두 죽음보다 끔찍한 일을 겪게 될지 몰랐다.

'안 돼, 윤재야. 제발 이번 한 번만.'

박하는 윤재가 조금만 더 버텨 주기를 바라고 또 바랐다.

"전 그냥…… 궁금해서 따라왔을 뿐이에요."

윤재가 힘없이 말했다.

"안 돼……."

박하가 저도 모르게 입을 달싹였다. 윤재가 두 손을 들어 올리더니 쭈뼛쭈뼛 앞으로 걸어 나갔다. 그 뒷모습을 바라보며 박하는 온몸의 피가 서서히 식어 가는 기분을 느꼈다. 순간, 앞으로 걸어가던 윤재가 몸을 돌리더니 온몸으로 박하를 완전히 가렸다.

"윤재야……."

잠깐 사이였다. 달칵, 대문이 열리는 소리와 함께 단오가 망설임 없이 박하를 감싸안고 대문 안으로 뛰어들었다.

'따다다닥!'

총성이 울렸다.

"으읙!"

닫힌 대문 너머에서 윤재의 신음이 터져 나왔다.

"멍청한 녀석!"

나하일의 외침이 울려 퍼졌다. 이상했다. 분명 담과 대문을 제외한 위쪽은 뻥 뚫린 공간이건만, 마당은 마치 깊은 바닷속처럼 그 모든 소리가 아득히 멀게 느껴졌다. 자세히 살펴보니, 집을 둘러싸고 방어막이 쳐져 있었다.

단오가 박하를 감싸고 있던 팔을 천천히 풀었다.

"괜찮아?"

단오가 물었다.

"응, 넌?"

박하의 물음에 단오는 아무 대답도 못 한 채 그대로 바닥에 주저앉았다. 두 다리는 뻣뻣하게 굳어 있었고, 치직거리는 전류음이 미세하게 몸에서 흘러나왔다. 잡음은 점점 단오의 온몸으로 퍼지고 있었다.

"걷기는…… 힘들겠어. 곧 몸 전체가 굳을 거야."

단오의 목소리는 여전히 담담했지만, 그 끝이 아주 조금 떨려 왔다. 로봇도 두려움을 느낄 수 있는 걸까? 박하는 단오를 일으켜 세우려고 했지만 인간만큼이나 몸이 무거웠고, 이미 상체까지 굳어 가고 있었다.

'따다다닥!'

갑자기 총소리가 격렬해지며 큐브릭의 뜰에도 경고 방송이 울리기 시작했다.

　- 삐삐삐삐!

　- 30초 후 해당 구역은 봉쇄됩니다.
　모든 인원은 즉시 이탈하십시오.

　- 비인가 연속 총격 행위 감지!
　시스템 보호 절차를 시작합니다.

　- 자동 방어 프로토콜 가동.
　NM 가스 분사를 시작합니다.
　이 물질은 신경 전달 억제를 통해 침입자를 무력화합니다.

　- 반복합니다! 반복합니다! ······.

희뿌연 연기가 투명한 보호막 위로 번져 가고 있었다.

"강민지 박사님이 시간을 벌어 주고 계셔. 서둘러, 박하야! 보호막이 사라져 NM 가스를 들이켜면 10초도 못 버틸 거야."

"어떻게 해야 돼?"

"장독대로 가 봐. 거기 신발이 있는데, 가 보면 알아."

단오의 말이 채 끝나기도 전에, 담장 너머로 보안군들이 기어오르기 시작했다. 보호막이 해제되자마자 그들은 담장 안으로 들어오려 했지만, 가이아 코드의 충격을 받아 하나둘 다시 바깥으로 떨어져 내렸다.

대문 쪽에서도 쿵쿵거리는 소리가 이어지더니 곧 잠잠해졌다.

숨 돌릴 틈도 없이, 박하는 마당 끝 장독대를 향해 전속력으로 달렸다. 거기엔 하늘색 스니커즈 한 켤레가 놓여 있었다. 처음 보는 신발이었지만 알 수 있었다. 구은설이 신던 신발이었다. 사이즈를 보니 지금 박하의 발에도 꼭 맞을 터였다. 박하는 운동화를 들어 올렸다. 그 아래, 은빛으로 빛나는 발자국이 찍혀 있었다.

"찾았어!"

박하가 단오를 돌아보며 소리쳤지만, 단오는 이미 눈을 뜬 채 미동도 없었다. 온몸이 축 늘어진 채 완전히 멈춘 듯 보였다.

흰 연기가 집과 마당을 뒤덮듯 서서히 내려앉고 있었다. 잠깐 사이 정신이 흐릿해지고 시야가 아득해졌다. 박하는 신발을 벗고 은빛 발자국 위에 발을 올렸다. 순간, 주변 바닥이 투명하게 빛나며 진동이 울렸다.

- 생체 정보 분석 완료.

음성 분석을 시작합니다.

당신은…… 구은설입니까?

평소 큐브릭과는 전혀 다른, 부드럽고 또렷한 목소리였다. NM 가스 때문인지 온몸에 힘이 빠졌고 눈꺼풀은 자꾸만 내려앉았다. 몽롱한 정신으로 박하는 간신히 입을 열었다.

"아니요. 나는…… 박하예요. 구은설이 아니라……."

- 음성 분석 완료.

알고 있어요, 박하.

나는 당신을 기다리고 있었어요.

이제 당신의 선택이 남았습니다.

큐브시티를 어떻게 하고 싶은가요?

더는 버틸 수 없었다. 다리에 힘이 풀린 박하는 그 자리에 주저앉았다. 숨을 고르며 힘겹게 눈을 깜박이고는 천천히 대답했다.

"사람들을…… 지구의 땅으로…… 돌아가게 해 주세요. 내 선택은…… 그거예요. 모두가 평등하게…… 태양 빛을…… 나누는 세상이요."

- 지구오염도 정보는 불분명하지만, 알겠습니다.

큐브릭과 큐브시티가 재난 모드에서 일상 모드로 전환됩니다.

큐브릭과 큐브시티가 일상 모드로 전환됩니다.

바닥을 따라 퍼지던 빛이 마당 전체를 덮으며 공기가 떨리듯 진동했다.

"나는…… 박하야."

박하가 힘없이 중얼거렸다. 큐브릭은 멋대로 박하의 목소리를 구은설로 인식했지만, 그것조차 더는 중요하지 않았다. 점점 희미해지는 큐브릭의 음성 속에서 박하의 의식도 흐려졌다. 할머니, 아빠, 천둥, 윤재와 단오의 얼굴이 차례로 눈앞을 스쳐 지나갔다.

큐브릭의 목소리는 이내 속삭임처럼 희미해졌다. 박하는 조용히 눈을 감았다.

15. 새로운 기억들

의식은 돌아왔지만, 눈꺼풀이 쉽게 떠지지 않았다. 어렴풋한 웅성거림과 함께 눈꺼풀 너머로 환한 빛이 스며들었다. 박하는 몇 번이나 힘을 주어 겨우 눈을 떴다.
"누나!"
천둥이 박하 눈앞에 있었다.
"박하야, 정신이 들어?"
윤재도 곁에 있었다.
"……여긴 어디야?"
박하가 힘겹게 물었다.
"병원이야. 그리고…… 저길 좀 봐."

윤재가 창밖을 가리켰다. 그 너머로 갈색 모래 언덕이 펼쳐져 있었다. 언덕 위로 무언가가 꾸물거리며 움직이고 있었다. 처음 보는 풍경이었다. 박하는 믿기지 않아 눈을 비비고, 몸을 일으켜 자세히 바라보았다.

그곳엔 수많은 사람들이 모여 있었다. 햇빛이 내리쬐는 대지 위에서 서로 부축하고 끌어안고, 누군가는 웃으며 하늘을 올려다보았다.

"저 사람들…… 뭐야?"

박하가 숨을 죽인 채 중얼거렸다.

"큐브시티 사람들……. 큐브시티에 그렇게 많은 문이 있는 줄 몰랐어. 큐브릭이 재설정되니까, 잠겨 있던 모든 문이 열리더라."

모래 언덕 위에서 사람들은 그저 걷고, 앉고, 누워서 햇살을 만끽하는 중이었다.

"저 사람들, 이제 큐브시티를 떠나는 거야?"

"아직은 아니지만, 곧 그렇게 될 거야. 큐브릭이 다시 드론들의 정보를 분석해서 사람이 살 수 있는 구역을 탐색 중이래. 누구든 정보를 제공받을 수 있어."

그때 병실 문이 열렸다. 익숙한 목소리가 들려왔다.
"박하 깨어났다며?"
금사장이었다. 박하는 벌떡 몸을 일으키려다 말고 외쳤다.
"금사장님!"
금사장이 곧장 달려와 박하를 꼭 안아 주었다.
"고생했어. 네 덕분에, 다 잘됐단다."
"할머니랑…… 아빠는요?"
박하가 묻자 금사장이 조용히 침대 옆 커튼을 걷었다. 그제야 보였다. 옆 침대에 잠든 할머니와 그 곁에 가만히 앉아 있는 아빠의 모습. 아빠는 여전히 멍한 눈빛으로 할머니를 바라보고 있었다. 그 눈빛을 보는 순간, 박하의 가슴 한구석이 다시 조용히 저려 왔다.
"너무 걱정하지 마. 연구자들이 뇌에 침투한 휴니봇을 제거하고, 손상된 뇌세포를 재생할 방법을 부지런히 찾고 있으니까."
"정말 괜찮을까요?"
"잘될 거야. 그렇게 믿고 지금은 아무 걱정 말고, 몸이 괜찮아질 때까지 푹 쉬렴."

"저…… 그런데 단오는요?"

위험한 순간에도 마지막까지 박하 곁을 지켜 주었던 단오. 이 순간 가장 보고 싶던 얼굴이었다. 하지만 병실 안을 아무리 둘러봐도 단오의 모습은 보이지 않았다. 박하의 물음에 방 안이 순간 조용해졌다.

"좀…… 심하게 파손됐나 봐."

윤재가 어렵게 입을 뗐다.

"그래도 걱정 마. 큐브시티 최고의 인공지능 전문가들이 단오를 복원해 낼 거야. 분명히."

박하는 아무 대꾸도 못 한 채 가만히 모두를 둘러보았다. 온몸이 굳어 가면서도 박하를 걱정하던 단오의 눈빛이 내내 머릿속을 맴돌았다.

"미리 신청만 하면 누구나 올 수 있어. 훼손 예방을 위해 매일 들어올 수 있는 사람 수는 정해져 있지만."

윤재가 박하에게 말했다. 몸이 조금 회복되자, 박하는 가장 먼저 테라리움에 가고 싶다고 했다.

'한반도의 사계' 구역은 이른 여름이라 초록이 무성했다. 새

소리와 시냇물 흐르는 소리, 나뭇잎이 바람에 스치는 소리가 부드럽게 귓가에 맴돌았다.

비록 큐브시티는 해체되었지만 테라리움은 여전히 엄격하게 보호되고 있었다. 앞으로 지구가 복구된다면, 이곳에서 보호받은 동식물들은 세계 각지로 퍼져 다시 생명을 이어 가게 될 것이었다.

새롭게 꾸려진 큐브시티 위원회는 큐브를 해체해 동식물과 물자를 실어 사람들의 새로운 이주지로 보내는 계획을 세우고 있었다. 큐브릭이 드론에게 받은 각 지역의 기후와 환경을 분석해 가장 적합한 생태와 주거 조건을 계산 중이었다.

이제 사람들은 태양과 달과 별이 빛나는 하늘 아래, 예전의 지구인들처럼 살아가게 될 것이다. 하지만 여전히, 익숙한 도시를 떠나기 주저하는 이들도 있었다.

두 사람은 시냇가 풀밭에 자리를 잡고 나란히 앉았다.

"위원장님은…… 뵀어?"

"아니, 만나 주지 않으셔."

윤재가 씁쓸하게 웃었다.

그날 나하일은 가이아 코드에 생포되어 감옥에 갇혔다. 그의 비서와 그에게 동조한 큐브시티 위원회 인사들 역시 모두 체포되었다.

"그렇구나."

"재판이 끝나면 큐브시티에서 추방될 거래. 아마 영원히 돌아오기 힘드실 거야."

나하일에게 큐브시티는 전부였다. 그런 사람에게 '추방'은 곧 '죽음'과 다름없을 것이었다. 하지만 수많은 사람을 위험에 빠트린 대가는 반드시 치러야 했다. 박하의 아빠를 포함해 수백 명이 휴니봇으로 희생되었고, 그중 일부는 에러를 일으켜 목숨을 잃기도 했다. 사실이 드러난 뒤, 시민들은 안타까움과 분노를 일제히 쏟아 냈다.

윤재는 잠시 고개를 숙인 채 입을 열지 못했다.

"……아버지는 늘 당신이 큐브시티를 발전시킨다고 믿었어. 나만큼은 아버지를 이해하고 싶었고. 그런데……"

말끝을 흐리더니 윤재는 가만히 눈을 감았다가 떴다.

"이제 와서 모든 게 잘못됐다고 말하는 게…… 너무 비참하고 괴로워. 왜 그런 생각을 하신 걸까?"

박하가 가만히 그런 윤재의 어깨를 손으로 토닥여 주었다. 이미 벌어진 일은 어떤 수를 써도 되돌릴 수 없었다. 비록 자신의 잘못이 아니었다고 해도, 각자 주어진 삶의 무게를 짊어진 채 살아가야 했다.

'단오가 아니었다면…….'

박하는 속으로 되뇌었다.

'단오가 없었다면, 우린 모두 여기 없었을지도 몰라.'

박하는 단오를 떠올리면 가슴 한쪽이 저릿해졌다. 구은설이 사라진 뒤, 수십 년 동안 묵묵히 기다렸을 단오의 시간을 상상하면 마음이 아팠다. 단오의 기다림이 없었더라면 이 모든 변화는 불가능했을지도 모른다.

지금쯤 큐브시티는 휴니봇으로 노예가 된 사람들이 점점 늘어 가는 지옥 같은 도시가 되었을 것이다. 지구가 회복되고 있다는 사실조차 모른 채, 사람들은 빛이 없는 삶을 당연한 듯 받아들이며 살아가야 했을 것이다.

단오가 보고 싶었다. 함께 있는 동안 로봇이라 경계하고 미워했던 기억들만 자꾸 떠올라 더욱 괴로웠다. 지금은 그 모든 감정을 그저 후회로 남기고 싶지 않아, 박하는 애쓰고 있었다. 그때였다.

바스락.

누군가 숲을 헤치고 걸어오는 소리가 들렸다. 파란색 작업복을 입은 사람의 형체가 수풀 사이로 어른거렸다. 테라리움에는 숲을 살피고 정비하는 인간형 로봇들이 곳곳에 배치돼 있었다. 박하와 윤재는 대화를 멈추고 작업자가 지나가기를 가만히 기다렸다. 꽃이 흐드러진 배롱나무 가지를 밀어내며, 작은 단말기를 든 사람이 모습을 드러냈다.

"단……오?"

비록 로봇이라도 단오의 얼굴은 세상에 단 하나뿐이었다. 구부립 박사가 제작한 제1호 로봇이었으니까. 무심한 표정에 오른눈 아래 눈물점까지, 분명 단오였다.

"날 알아요?"

차분한 목소리가 물었다. 단오의 목소리였다.

"단오야……"

박하가 조심스럽게 한 걸음 앞으로 내디뎠다. 하지만 단오는 자신을 알아보는 박하가 낯선 듯, 조용히 한 발짝 뒤로 물러섰다. 윤재가 얼른 버블을 열어 금사장, 아니 강민지 박사에게 전화를 걸었다.

- 어머, 단오를 만났니? 아직은 베타 테스트 중이라 기억이 어느 정도 회복되면 너희에게도 소개하려고 했는데.

강민지 박사의 목소리는 놀라면서도 즐거운 듯했다.
"단오가…… 맞는 거군요?"
윤재의 목소리에는 기대와 안도가 뒤섞여 있었다.
단오는 광범위한 메모리 훼손으로 결국 초기화할 수밖에 없었다. 인간이라면 '기억'이라 부를 만한 데이터가 완전히 삭제되었다. 구은설도, 구부립도, 윤재나 박하와 함께한 시간도 전부. 더불어 구은설의 소유물로 입력된 '초기 명령 알고리즘'도 사라졌다.
"……그럼 이제 단오는 아무것도 기억 못 하는 거예요?"

- 그래도 단오가 구은설의 소유물이었던 건 분명하니까 앞으로 단오를 어떻게 할지는, 박하 너에게 달렸어.

그 말과 함께 통화가 종료되었다.
단오는 여전히 박하를 낯선 사람 대하듯 바라보았다. 하지만 상관없었다. 그가 눈앞에 존재한다는 것. 그것만으로도 충분했다. 어쩌면 다시 시작하는 건 끝나는 것에 비해서는 아무것도 아닐지 몰랐다.

박하는 천천히 단오에게 다가가, 조심스레 손을 내밀었다.

"반가워. 난 박하라고 해."

그 말에 단오는 잠시 눈을 깜박이며 박하를 바라보았다.

기억은 사라졌어도 모두의 앞에는 셀 수 없는 시간이 펼쳐져 있었다. 과거는 잊혔지만, 미래는 이제부터 함께 만들어 갈 수 있는 것이었다.

"반가워. 난 단오야. 이미 아는 것 같지만."

단오가 희미한 미소를 띠며 박하의 손을 맞잡았다. 그 순간, 윤재가 단오를 와락 끌어안고 말했다.

"보고 싶었어!"

박하도 그런 두 사람을 포근히 감싸안았다. 단오는 여전히 어리둥절한 표정이었지만, 그의 인공 피부 너머로 전해지는 따뜻한 체온이 느껴졌다. 박하가 느끼는 이 온기처럼, 단오도 분명 무언가를 느끼고 있길. 박하는 그렇게 믿고 싶었다.

에필로그

1년 뒤.

테라리움 북쪽 끄트머리의 작은 문을 열고 나서면, 큐브시티 지붕 일부가 비행선 이착륙장으로 개조돼 있었다. 서너 척의 비행선과 같은 수의 큐브가 비행 준비에 한창이었다. 그중 새하얀 가스주머니가 팽팽하게 부푼 비행선 한 대는, 나란히 놓인 큐브와 여러 개의 나노케이블로 단단히 연결돼 있었다.

지난 여러 달 동안 큐브시티 사람들은 하나둘 팀을 나눠 새로운 정착지를 찾아 떠났고, 그들이 떠난 자리에는 텅 빈 큐브가 남았다. 정착지를 발견한 사람들이 연락을 보내오면 큐브시티는 물자를 가득 실은 큐브를 그곳으로 보냈다.

큐브 안에는 갖가지 매뉴얼, 컴퓨터, 태양광 발전기, 비상식량 등 생존에 꼭 필요한 물품이 들어 있었다. 부엌과 화장실까지 갖춘 큐브는 새로운 땅에서 거처가 되어 주었고, 사람들은 그곳에서 다시 삶을 시작했다. 그렇게 큐브시티는 천천히 몸집을 줄여 가고 있었다.

이주자들이 요청한 씨앗과 묘목, 농기구를 챙기는 일은 늘 박하와 단오의 몫이었다. 단오가 마지막 묘목 상자를 옮기는 동안, 박하는 태블릿으로 물품 목록들을 하나하나 확인했다. 윤재도 마지막 씨앗 포대를 큐브 안에 내려놓고는 땀을 훔쳤다.

결국 단오는 기억을 완전히 되찾지는 못했지만, 스스로 업그레이드가 가능한 최첨단 안드로이드답게 과거를 빠르게 학습해 나갔다. 박하와 윤재 곁에서 지내며 두 사람의 기억을 하나씩 전달받은 덕분에 그는 다시 예전의 단오로 조금씩 돌아가고 있었다. 달라진 점이 있다면, 감정 표현에 조금 더 솔직해졌다는 것. 이전보다 웃음도, 당황하는 표정도 더 자주 얼굴에 드러낸다는 사실이었다.

박하가 고개를 끄덕이자, 비행선 승무원들이 큐브 문을 닫고 가볍게 인사를 한 뒤 비행선 쪽으로 걸어갔다. 출발 준비는 이제 모두 끝났다.

"정말 괜찮겠어?"

박하가 염려스러운 눈빛으로 윤재를 바라보며 물었다.

"응. 단오도 있고, 다른 분들도 계시잖아."

윤재는 아무렇지 않은 듯 웃었지만 어딘지 긴장돼 보였다. 그런 윤재의 등을 두드리며 단오가 말했다.

"그래, 너무 걱정하지 마. 아무 일도 없을 거야."

원래대로라면 이번에도 비행선에 올라야 할 사람은 박하였다. 박하는 벌써 여러 차례 농업 전문가의 조수로 비행선에 탑승해 새로운 땅을 답사했다. 정착민들이 씨앗을 심고, 묘목 가꾸는 일을 도왔다. 비행선에는 늘 다양한 분야의 전문가들이 동승했다. 이들은 이주민들에게 실질적인 조언을 주고, 현장에서 마주치는 문제를 해결하기 위해 파견되고는 했다.

하지만 이번 비행선의 목적지는 특별했다. 한반도 최남단, 큐브시티를 떠난 이들 중 누구도 아직 그토록 먼 곳을 정착지로 삼은 이는 없었다. 단 한 사람, 나하일을 제외하고는.

그는 큐브시티에서 가장 많은 원망과 증오를 동시에 받은 인물이었다. 누군가는 그를 죽여야 한다고 외쳤고, 또 누군가는 그에겐 죽음조차 사치라고 말했다. 추방이라는 형벌이 오히려 그에게 더 긴 고통을 안겨 줄 거라는 데 의견이 모아졌다.

결국, 많은 논쟁 끝에, 큐브시티 시민들은 그를 도시에 다시는 발붙이지 못하도록 추방하기로 결정했다. 비록 목숨을 부지했지만 나하일은 마음을 놓지 못하는 듯했다. 그는 아무도 자신을 찾지 못할 먼 땅끝으로 떠나 버렸다. 언제 어디서라도 움직임을 확인할 수 있도록, 감시용 드론 여러 대가 그를 따라붙었다.

이번 비행은 나하일을 위한 것이었다. 비록 큐브시티에서 추방된 범죄자였지만, 큐브시티는 그에게도 긴급 정착 물품을 보내기로 결정했다.

윤재는 박하가 그를 직접 마주하는 상황을 염려해 이번 조수 임무를 자원했다. 물론 꼭 박하나 윤재가 따라갈 필요는 없었다. 그럼에도 윤재는 자신이 가고 싶다고 고집을 부렸다.

"……사람들을 대신해서 사과를 받고 싶어."

윤재는 그렇게 말했지만 박하의 눈에는 그 말조차 안쓰럽게만 느껴졌다. 휴니봇 프로젝트로 희생당한 이들의 가족들은 나하일에게 진심 어린 사과를 받고 싶어 했다. 하지만 그는 단 한 번도 사과하지 않았다. 오히려 자신은 큐브시티를 위해 일한 피해자라고 주장하며 억울함만을 내세웠다. 사람들은 끝내 그에게서 사과를 받지 못했다. 그런 그라면 윤재에게도 사과하지 않을 터였다.

이륙 준비를 마친 비행선에서 '우-우-웅' 하고 낮게 울리는 전기 프로펠러 소리가 진동처럼 퍼져 나갔다. 하얗게 부풀어 오른 가스주머니가 천천히 떠오르자 큐브와 연결된 나노케이블도 함께 솟구쳤다. 팽팽하게 당겨진 케이블이 반짝이며 하늘로 이어졌고, 거대한 큐브가 바닥에서 천천히 떠올랐다.

그 광경을 바라보는 박하의 심장도 둥실, 따라 떠오르는 듯했다. 매번 비행선이 이륙하는 순간을 볼 때마다 마음 한구석이 따뜻하고 몽글몽글해졌다.

언젠가 치료제가 개발되어 아빠가 예전 모습을 되찾는다면, 그때는 박하도 이 큐브시티를 완전히 떠나 새로운 삶을 시작할 수 있을까?

그때를 위해 박하는 더 많은 것을 배우고 싶었다. 식물과 농업, 자연을 되살리는 기술들. 사막화되거나 물에 잠긴 땅이 다시 푸른 숲과 들판으로 돌아갈 수 있도록 돕고 싶었다. 이미 한반도 곳곳에는 크고 작은 마을들이 하나둘 생겨나고 있었다.

 당장 떠날 수는 없어도, 꿈을 꿀 수 있어 행복했다. 언제든 모래 언덕에서 햇살을 마음껏 쬘 수 있고, 테라리움에서 식물들을 돌볼 수 있다는 사실이 지금의 박하에겐 그 자체로 기적 같은 일이었다.

 비행선이 천천히 비행 궤도에 올랐다. 박하는 동쪽에서 떠오른 태양 빛을 온몸으로 받으며, 큐브를 매단 비행선이 남쪽 하늘 너머로 작아질 때까지 오래도록 지켜보았다. 그 뒤를 이어 또 다른 비행선들도 각자의 방향으로 하나둘 멀어져 갔다. 마치 물속을 유영하는 물고기들처럼, 천천히 하늘을 가르며 나아가고 있었다.

| 작가의 말 |

우리가 만들어 갈 미래

어린 시절, 제가 상상한 미래는 장밋빛으로 가득했습니다. 1980~90년대를 거치는 동안 세상은 발전을 거듭했고, 과학은 인류에게 유토피아를 안겨 줄 것처럼 보였습니다. 디스토피아는 그저 이야기 속 흥미로운 소재일 뿐이라 여겼습니다.

하지만 2000년대 이후, 분위기는 달라졌습니다. 기후 위기와 기아, 전쟁은 끊이지 않았고, 개인 간·국가 간 빈부 격차는 더욱 커졌으며, 인공지능은 무섭도록 발전하기 시작했습니다. 역사가 퇴보할 수도 있다는 사실을 실감하며, 인류의 미래가 반드시 밝지만은 않을 수도 있다고 생각하게 되었습니다.

처음 《큐브시티》를 구상했을 때는 조금 더 단순했습니다. 경쟁 속에서 공부하고, 취업하고, 소비하고, 결혼하고, 자녀를 교육하는—정해진 길을 달리는 현대인의 삶을 언더타운 사람들의 모습에 투영해 보고 싶었습니다. 그러나 글을 쓰는 동안 외면할 수 없는 더 복잡한 문제들이 자연스레 얽혀 들어왔습니다.

큐브시티는 인류를 구원하기 위해 세워진 도시이지만, 동시에 욕망과 권력에 의해 인간성이 무너지는 공간이기도 합니다. 인공지능이 인류를 위협할 수 있다는 두려움이 널리 퍼져 있지만, 그것이 학습하는 것은 본질적으로 인간이 쌓아 올린 정보와 흔적들입니다.

문제의 시작도 끝도 결국 우리 자신에게 있습니다. 우리의 미래는 스스로 만들어 가는 것이며, 어떤 세상을 만들고 싶은지 끊임없이 질문해야 한다고 믿습니다.

어떤 세상이 우리를 맞이하게 될까요? 다만 인간이 인간답게, 서로 소통하고 대화할 수 있는 세상이길 바라 봅니다.

글 성현정

대학과 대학원에서 교육학을 공부했습니다. 동화를 쓰기 전에는 영화와 애니메이션, 책을 번역하고 잡지를 만들기도 했습니다. 동아일보 신춘문예 동화 부문에 당선되었으며 비룡소 문학상을 받았습니다. 《두 배로 카메라》, 《모퉁이를 돌면》을 썼으며, 함께 쓴 책으로는 《나는 지워 줘》, 《속담공주 나라를 구하다》, 《초록이 끓는 점》, 《2023 봄 우리나라 좋은 동화》, 《마음을 입력할 수는 없나요》, 《너와 나의 2미터》가 있습니다.